捧读

触及身心的阅读

西游·再见悟空

圣者晨雷

著

北方文艺出版社

图书在版编目（CIP）数据

西游·再见悟空 / 圣者晨雷著 . —— 哈尔滨 : 北方
文艺出版社 , 2020.10

ISBN 978-7-5317-4690-4

Ⅰ . ①西… Ⅱ . ①圣… Ⅲ . ①长篇小说 – 中国 – 当代
Ⅳ . ① I247.5

中国版本图书馆 CIP 数据核字 (2019) 第 251779 号

西游·再见悟空
Xiyou Zaijian Wukong

作者 / 圣者晨雷

责任编辑 / 李正刚

出版发行 / 北方文艺出版社　　　　　网 址 / www.bfwy.com
邮 编 / 150080　　　　　　　　　　经 销 / 新华书店
地 址 / 哈尔滨市南岗区宣庆小区 1 号楼　发行电话 / 0451-85951921 0451-85951915

印 刷 / 天津丰富彩艺印刷有限公司　　开 本 / 880×1230　1/32
字 数 / 138 千　　　　　　　　　　印 张 / 8
版 次 / 2020 年 10 月第 1 版　　　　印 次 / 2020 年 10 月第 1 次印刷

书 号 / ISBN 978-7-5317-4690-4　　定 价 / 39.80 元

– 每一个人 –

只有自己去打破天命

才能真正掌握自己的命运

目录 CONTENTS

- 壹 -

斗战胜佛

鸟挣脱禁锢它的笼子，在蓝天下快乐地飞翔，它以为它获得了自由，实际上它不过由看得到的笼子飞进了看不到的笼子罢了。

——《悟能日记》

❧❧

"斗战胜佛如何了？"

雄浑的男音在大雄宝殿中响起，虽然有着万千化身，但在这金碧辉煌的大殿之中，他永远只会以这个形象出现。

"那猴子整日大叫失眠，一点也没有佛的仪态。"广目天王如是回答。

如来睁开双目，面露微笑，道："毗留博叉[1]，你记着，要称他为斗战胜佛，历经九九八十一难，他已经成佛了。"

广目天王合十[2]称是，思绪却飞回了五百年前的灵霄宝殿。

----

[1] 毗留博叉：是佛教中西方广目尊天王梵文名，与北方多闻尊天王、东方持国尊天王和南方增长尊天王被善众供奉为"四大尊天王"。
[2] 合十：亦称"合掌"，是佛教的一种敬礼方式。

"你们就是四大天王吗？玉帝老儿躲着不敢见俺老孙，却派你们来送死！"张牙舞爪的猴子以凌厉无比的目光盯着四大天王，天上人间都争相敬奉的四大天王，在他眼中不过是群土鸡瓦狗罢了。

随着他的回忆，广目天王的肩上又开始隐隐作痛——那是被死猴子哭丧棒扫过的地方。他端正了一下自己的面容，对自己的神态非常自信，一副正气凛然的样子；他又清了清自己的嗓子，对自己的声音也有着同样的自信，这是佛界最标准的男中音。他道："总是让斗战胜佛闲着恐怕会闲出病来，不如为他寻找一个切实的差事。"

如来深邃的目光一闪，微笑未变："大慈大悲观世音菩萨认为呢？"

观音用净瓶中的柳枝拂了拂自己的衣角，向前迈了一步，躬身行礼："我佛大智大慧，洞察古今未来，对于如何安置斗战胜佛，自然早已成竹在胸。我佛以无上法力，令斗战胜佛皈依佛门，实在是无量功德……"

大殿中四大天王、十八罗汉都不动声色。等到观音长达三炷香的祝词说完之后，如来道："传斗战胜佛。"

"佛祖让俺老孙来有何事？"不知是长期失眠还是当年在太上老君丹炉中熏的，斗战胜佛孙悟空瞪着火红的眼睛直视着如来。

"斗战胜佛，如今你已经是得悟大智慧的佛了，在佛祖面前不要再像个野和尚一样自称'俺老孙''俺老孙'的。"观音菩萨不失时机地提醒道。

"菩萨教训得是。"孙悟空——斗战胜佛合十向观音行礼。

"我现在是佛了，经历了九九八十一难后终于成佛了，我终于熬到了现在。"斗战胜佛如是想。

"当年那个天不怕地不怕的齐天大圣孙悟空已经不在了，现在只有斗战胜佛孙悟空了。"广目天王如是想。

"在佛祖面前维护了佛祖，当又算我一件功德。如果我能多积些功德，就会早一日脱去菩萨的帽子，成为真正的佛。"观音如是想。

"即使是你，也是我掌中之物，天上天下，唯我独尊。"如来如是想。

❧❧

"好消息，好消息，我们终于又可以去找人打架了！"斗战胜佛将这个消息带给了他的两个师弟——净坛使者猪悟能、金身罗汉沙悟净。

但两位师弟的反应远没有想象中的热烈，猪悟能只是冷冷地"哦"了声，便又专心致志盯着眼前盘子中的苹果去了；沙悟净连哼都没有哼一声，不停地转动着手中的人骨念珠。

"八戒——哦不，净坛使者，佛祖令我们再下人间扫除妖魔为世除害，我总算可以出去透透气了。总是闷在这须弥山 [3] 上，害得我整晚失眠，梦中尽是潮汐的声音。喂，你有没有在听？你在做

---

[3]　须弥山：须弥山一词来自婆罗门教，后被佛教引用。须弥山被认为是世界的最中央。传说在须弥山周围有咸海环绕，海上有四大部洲和八小部洲。须弥山由金、银、琉璃、水晶四宝构成，山顶为帝释天，四面山腰是四天王天。

什么？"斗战胜佛发现净坛使者并没有听他说话，习惯性地伸手要去揪他耳朵，又缩了回来。

"别烦我，我在思考。"半晌，净坛使者才懒洋洋地回答。

"什么……你在思考，你也会思考？"斗战胜佛几乎不敢相信自己的耳朵，狂笑了起来。这一笑足有半个时辰。

"笑够了？那我接着笑吧。"金身罗汉在斗战胜佛的笑声停了之后，也狂笑起来。

斗战胜佛吃惊地看着两个师弟。"疯了。"他喃喃道。

"都疯了。"净坛使者喃喃地补了一句。

- 贰 -

疯了

地球是圆的，即使走在完全相反的路上，你最终也会回到起点。

——《悟能日记》

梦中。

海浪在礁石间轻轻激荡，此时的海宛若一个温柔的母亲，哼着平和的小曲，轻拍着她的孩子。

巨大的岩石耸立在海边的悬崖上，它似乎是在等待着什么，又似乎是在聆听着什么。自大海形成之日起，它便立在这里，一动不动。

"潮汐的那边是什么？"岩石想。它没有眼睛，看不见潮汐的那边是什么。它也没有耳朵，听不见潮水那边传来的声音。但它可以从潮汐拍打礁石的震动中感觉到，潮水那边传来的亲切信号。

"要是能看看那边多好……要是能听听那边多好……要是能到那边去走走多好……"岩石如此想。

于是，它感觉到自己开始发生变化。

"又是这个莫名其妙的梦！"

斗战胜佛大叫着从梦中惊醒 —— 每次梦到这儿时，他都会被惊醒。

"死猴子，又发瘟啊？"同宿的净坛使者条件反射般嘟哝着，侧过身子面向里墙，不一会儿，巨大的鼾声在屋内重新响起。

斗战胜佛忽然觉得净坛使者骂他的话语异常亲切，自从取经成功之后，别人当面都是称他斗战胜佛，连"齐天大圣"这个称呼他都忘了，只有净坛使者还偶尔会骂他"死猴子""贼猢狲"。

斗战胜佛忍不住伸手想去扯净坛使者的大耳，但当他看到黑暗中坐在对面的金身罗汉闪亮的眼睛时，又将手缩了回来。

"能吃能睡真好。"他讪讪笑着，轻声向金身罗汉说。

"能吃能睡就好。"金身罗汉悄悄改了一个字。

"妖怪们，佛爷我来了！"

下了须弥山的斗战胜佛仰天发出长啸。

净坛使者一面扛着钉耙，一面盯着手中的苹果，自下山起便没有言语。金身罗汉不说话是正常的，而净坛使者竟然也如此沉默，着实令斗战胜佛奇怪。

"你又怎么了？"斗战胜佛问，"那个苹果你要么扔掉，要么吃掉，要么给我吃，实在不行给金身罗汉也行，有什么好瞧的？"

"别烦我，我在思考！"

"思考？"斗战胜佛又忍不住狂笑起来，"你能思考什么？思考你取经的时候藏在耳朵里的银两？思考那个长得和你相当的高老庄高小姐吗？还是思考你手中的苹果好不好吃？！"

"我在思考，一个没有金箍棒耍的孙猴子，还能怎么样！"净坛使者一口将手中的苹果吞进了肚子，"还不是同这个苹果一样被人吃掉！"

斗战胜佛愣了一愣，道："没有金箍棒，佛爷我还有佛法。这天下还有哪个妖精能在佛爷的佛法面前猖狂？"

净坛使者冷冷一笑："就凭你现在的那点儿佛法，连我都打不过。"

斗战胜佛大怒："要不要现在试试？！"

净坛使者双手握住钉耙："试就试，谁怕谁？"

"你们两个要打的话，就滚到佛祖面前打去！"一直在反复数着人骨念珠的金身罗汉不耐地道，"还没见到妖精，自己先打起来了，你们两个可真够争气！"

听到佛祖之名，斗战胜佛紧握的双拳又松开，道："待会儿佛爷就赤手空拳捉两个妖怪给你们看看，让你们知道佛法无边的威力。"

金身罗汉没有理会他，转身向着净坛使者道："净坛使者，你不要再思考了。思考对于你的大脑来说实在太累，这种累人的事让更强的人去做就行了。你已经成正果了，就应该像某人一样，不要思考，这是我给你的忠告。"

净坛使者将长嘴转向一旁，发出哭泣般的笑声，像是哭，又像是在笑："不要思考了，成正果了；不要思考了，成正果了……"

"你不是说要赤手空拳捉两个妖怪给我们看的吗？"净坛使者讥嘲地盯着斗战胜佛，"去呀，显显你佛法的本事吧。"

斗战胜佛横了他一眼，大踏步走向前面的山洞，凭感觉，他就知道这里面有妖精。他一脚将山洞门踢得粉碎，大声道："出来吧，妖精们，佛爷今天要超度你们。"

一群小妖手忙脚乱地跑了出来。斗战胜佛不屑对付这类小角色，这类小妖历来都是由净坛使者与金身罗汉收拾的。因此，他傲立于洞前，对围着自己的小妖们视而不见。

"是一个瘦和尚，雷公脸的瘦和尚！"小妖们叽叽喳喳嚷着，并没有急忙冲上来，"臭和尚，跑到这青云洞来了，你想找死吗？"

"叫你们最厉害的妖怪头儿出来两个让佛爷揍。"

"臭和尚，就凭你一个人？"

斗战胜佛愕然回头，发现原来在身后的净坛使者与金身罗汉都不知到何处去了。"不在也无所谓，还省得碍手碍脚。"他又道，"叫你们最厉害的妖怪头儿出来让佛爷揍！"

小妖们全都笑了起来："你以为你是谁啊，揍我们大王？不要以为你长得像雷公就自认是孙悟空了。"

"我就是孙悟空，当年的孙悟空，如今的斗战胜佛。"等小妖们笑声渐平，斗战胜佛平静地说道。

小妖们全都安静下来，紧接着又是一阵狂笑。

"孙悟空？没有金箍，没有金箍棒，没有虎皮裙，穿着袈裟挂着念珠，念着阿弥陀佛的孙悟空？"

不知为何，斗战胜佛忽然觉得小妖们的这几句话异常令人恼怒，他大叫一声，挥拳打破了笑得最猖狂的一个小妖的鼻子。其余小妖纷纷扑了上来，各种兵器纷纷击向他的身体。斗战胜佛冷冷一笑，这种程度的攻击对他根本构不成任何伤害，他毫不躲闪接连挥出双拳。

但令他吃惊的是，小妖们的攻击虽然未能伤害他的身体，却让他感受到了久违的疼痛。令他更为吃惊的是，他对小妖的打击远没有他想象的那么强，虽然他可以将小妖们击飞，但被打倒的小妖片刻后便会爬起又扑上来。

"这个世界疯了！连妖精都不正常了！"他想。

- 叁 -

梦 想

每个生命都有自己的梦想，就连毛虫也梦想着有一双彩色的翅膀，

如果没有了梦想，生命就会终结。

——《悟能日记》

"这个世界疯了！"

被五花大绑的斗战胜佛喃喃地对冷冷看着他的青云大王喊道。

"果然是孙悟空，化成灰我也认识你！"青云大王端视良久，咬牙切齿地道，"你还认得我吗？说，你还认得我吗？"

斗战胜佛呆呆地盯着他："认得，认得，你就是豹头山黄狮怪手下的刁钻儿，你还有个伙计叫古怪儿。恭喜，恭喜，几年不见你也当上大王了。告诉你一件事情：这个世界疯了！"

青云大王哈哈狂笑："原来你还记得我们，原来大闹天宫的齐天大圣还记得我们，原来受封斗战胜佛的孙悟空还记得我们！当年你用定身法将我定住的时候，可曾想过你也会有今天？"

"这个世界疯了……"斗战胜佛痴痴地道。

"大哥，把你的肩膀借我用一下。"站在一旁的黄云大王——当年的古怪儿几近呻吟地道，"我受不了啦，我要晕倒了！"

当黄云大王倒在青云大王的肩膀上时，斗战胜佛惊讶地说："这个世界真的疯了，还有人，不，还有妖精说晕就晕的……"

青云眸子里四射的寒光笼罩在斗战胜佛的猴脸上，缓缓道："你知道他为什么晕倒吗？"

"为什么？"

"因为你曾经是我们的偶像，是我们的梦想！"晕过去的黄云忽然抬头道，但很快又将头垂了下去。青云将目光移向了洞外，移向了不可捉摸的远方。

"不要做梦了，你是妖精，而且是最普通的小妖精。你的任务和使命，就是为了给某个拯救公主或拯救世界的英雄做配角，而且是配角的配角。运气好的话你会有两句台词；运气不好的话你还没有出声，还没有做出动作，就成为一团肉饼。这就是你的宿命。你可以不满意它，你也可以大声抗议，但你永远无法摆脱它。"

　　妖精老师如是教训在课堂上走神的古怪儿，古怪儿不知道这是自己第几百次被老师教训了，每当这个时候，他都本能地选择了最恰当的反应——晕倒在身旁的刁钻儿身上。

　　"老师你说得不对。"刁钻儿接过了古怪儿惹起的话头，站起来大声反驳道，"我们是妖精，是小妖精，而且是没有什么后门与关系的平民小妖精，但平民小妖精就不能出头吗？我不信，这个世界上难道没有一个小妖精能够打破宿命的约束吗？！"

　　老师高高举起的教鞭几乎要落在了刁钻儿的头上，又轻轻移开，老师苍老混浊的眼睛中突然射出锐利的光芒。

　　"有的，曾有过那么一个小妖精，他反抗了，他以一己之力便将执行宿命的天庭捣得天翻地覆，他现在甚至开始向宿命本身进行挑战。我老了，不能见到他与宿命分出胜负的那一日了，你们一定可以看见，只要你们在那之前不要被哪个英雄杀死。"

　　"那个小妖精是谁？"古怪儿将头从刁钻儿肩上抬起，向往地问道。

老师的声音低沉下来，仿佛怕被虚空中的神灵听见，轻声说出了那个名字："孙——悟——空！齐——天——大——圣——孙——悟——空！"

一个名字，在两个年幼的小妖精心中，悄悄播下了种子。这个种子也许永远不会长成大树，但只要条件适合，它便会坚定而顽强地发芽。

"你杀死了孙悟空，杀死了我们的梦想，因此，你必须死！"

青云淡淡地为斗战胜佛判了刑，但黄云又抬起头来道："不，留着他，我们有用处。"

青云不解地望着自己的兄弟："这样的废物，留着有什么用处？"

黄云脸上露出讥讽的笑意："无论他是不是齐天大圣，他都长着一张孙悟空的脸，有着斗战胜佛的身份。这么多年来，像我们这样梦想见到孙悟空甚至打败孙悟空的人，比他身上的猴毛还要多。既然他已经是废物了，我们为什么不利用一下？"

青云领悟了兄弟的意思，眼中闪出光芒，道："而且要好好利用一下。兄弟，如果你要晕倒的话，就晕倒吧……"

黄云的神志却异常清醒："不，我现在不能晕倒，我要成为第一个单挑并打败齐天大圣、斗战胜佛——孙悟空的小妖精。不凭借任何法宝，不凭借任何外力，就只有我和他！我的名字，一定会被载入妖精的史册！"

〰

"救，还是不救，这是一个问题。"

净坛使者盯着手中的苹果，缓缓地道。

"现在去救，救出的只是斗战胜佛，而且是一个战败了的斗战胜佛；现在不去救，死猴子恐怕会被那些恨之入骨的妖怪们虐待而死。要救，只能救齐天大圣、大师兄孙悟空，至于斗战胜佛，我宁愿他死。"猪八戒的目光没有变化，仍旧注视着苹果，仍旧缓缓地道，"如果你愿意，可以把我的话转达给如来。"

"你知道了……"金身罗汉缓缓站起，禅杖入手，他感觉到久违的温润。但坐在地上的猪八戒无边的杀意，已经令他感到了彻骨的寒冷。

虽然身形没有变化，但他周身发出的杀气，却远远超过了他担任天蓬元帅之时的力量，他道："我早知道了，只有猴子那样没有脑子的东西，才看不出你是如来安排在我们中间监视我们的人。虽然猴子已经这样了，但如来还是对他不放心吧？"

金身罗汉勉强笑了一下："佛祖他可不知道，现在你比那只猴子还要可怕。你准备怎么样，杀我灭口？"

猪八戒道："杀了你，他一样也会知道，而且，你也不是那么好杀的吧？虽然我没有猴子的火眼金睛，但你想在我面前扮猪吃老虎，那是不可能的！"他顿了顿，又疯狂地笑了起来，"因为我是猪，我就是猪！"

金身罗汉也仰天大笑，他的姿势并没有什么改变，但似乎完全换了一个人——自信、坚定、豪迈。他张嘴大笑，仿佛天地都被他吞吐入怀，就连他的身躯，都似乎变大了一倍。

笑声渐定，金身罗汉忽然问道："最后问你一件事，你为什么总是盯着苹果？"

猪八戒将手中的苹果塞入嘴中，嚼碎吞下："因为苹果圆圆的，比较像月亮。"

❧

斗战胜佛喘着气在地牢中坐下，虽然刚才的搏斗对他造成的伤害并不大，但他仍觉得疼痛。这种感觉，自从在太上老君的八卦炉中炼过之后，就已经很久没有感受到了。

他记不清这是第多少次搏斗了，自从黄云大王向天下群妖发出飞云传书，邀请妖精们来挑战齐天大圣、斗战胜佛以来，他每天都得同几十个甚至上百个妖精搏斗——一对一决斗。

当然，每次他都是失败者。每一次决斗留给他的，不过是一身痛苦。

"为什么会这样？不是说佛法无边吗，为什么我会这样？"

刚开始时他偶尔还会思考这个问题，但世事总是如此，伤害得多了，伤口反而不会觉得疼痛。如果这时停止了伤害，人反而会觉得不习惯，因为此时人已经麻木了。

"他们又打你了？"盲女问。也许是因为没有必要，也许是因为故意羞辱，青云和黄云没有派小妖看守他，负责看守的，更确切地说，照顾斗战胜佛的，是一个人类的盲女。在黑暗的地牢中，斗战胜佛看得一清二楚，而对于这位失明的人类少女来说，有没有光是无关紧要的。

她的问话也无须斗战胜佛回答，因为她还是个聋子 —— 为了不让她同斗战胜佛交流，妖精们刺破了她的耳膜。

但人是聪明的，虽然她听不见，但她可以从斗战胜佛的反应中得知他的想法。人与人的交流，最重要的不是看与听，而是心灵的感觉。

　　"这些挨千刀的妖精！"盲女用温热的布轻轻盖住斗战胜佛的小腿，她在那个地方摸到了温暖的血迹。虽然用湿布敷着伤口只会加深痛苦，但斗战胜佛仍未拒绝。盲女又歉然道："我不是说你，我是说那些妖精，他们会遭报应的，但愿他们明天就遇上齐天大圣孙悟空！"

　　"是斗战胜佛。"虽然明知她听不见，斗战胜佛仍为她纠正。也许是害怕黑暗与寂静，盲女的话比较多："你一定听过这个名字吧，我爷爷说过，天底下的神仙妖精都怕他，只要是神仙妖精犯了错，他都决不会放过。我爷爷亲眼看到过他在这里打败黄狮精，这些害你的妖精迟早会遇到他的！"

　　斗战胜佛无语。

- 肆 -

暗夜阳光

伤人最重的，不是无边的暗夜，

而是太阳遗忘在暗夜里的那一束光线。

——《悟能日记》

斗战胜佛充满期待地望着站在面前的巨人。

虽然他几乎失去了全部的力量，但那一双火眼金睛，却是任何人无法剥夺走的。因此他一眼便看出这个巨人的原形——巨灵神 [4]。

"哈哈哈哈，原来是你这只毛猴子！你认得我么？"巨灵神放纵地笑着。

来到人世间剿灭妖魔，一直是他最喜欢的事情，因为作为一个低级的神灵，他在天庭中无论见了谁都得毕恭毕敬，连大气都不敢喘。

但在人世间这些小小的妖魔面前，他可以尽情地挥洒自己的

---

[4] 巨灵神：托塔李天王帐下的一员天神战将，体形庞大，身强力壮，曾在大战中被孙悟空打败。

情感，也只有在这些小小的妖魔面前，他才可以找到自己作为神明的快感。

猴子没有理会巨灵神放纵的笑声，相反，猴子打心底喜欢他这种笑声。这种真性情的、没有任何拘束的笑声也常常从他嘴中传出。猴子其实希望世上每一个人都能笑，笑得畅快，笑得自然，正如天生万物皆自由一样。

猴子反复打量着眼前这个高大的神灵。

自从他弃去那个拘束他且羞辱他的弼马温之职，打出齐天大圣的旗号之后，巨灵神是第一批来讨伐他的天神之一。

在天上的时日很短，他还不认识眼前的这个巨神。面对十万天兵天将，巨灵神看到猴子没有如他所想那般战栗畏服，反而是用一种毫无敌意的目光上下打量着他，巨灵神忍不住再次大喝："你在干什么？！"

"我在看你。"猴子认真地道，"看你的鼻子。"

巨灵神忍不住摸了摸鼻子："我的鼻子有什么好看？"

猴子非常认真、非常坦诚而且非常关心地道："你长了一个朝天鼻，下雨天雨水会流进去的，你最好做一个鼻套子。"

那是一种怎样的声势？你听过十万天兵天将与十万妖精同时狂笑的声音吗？猴子的一句话便让杀气冲天的战场变成了狂笑的海洋，每个神和妖都忘记了战斗，整个世界充斥着他们的笑声——无拘无束的笑声。甚至有些神灵想绕到巨灵神身前来看看他的鼻子是不是真的能接住雨水。

巨灵神的脸却变得惨白，唯独他笑不出来。即使是在这万雷齐鸣的笑声中，猴子的声音仍清晰地传入他的耳朵："不要痛苦，你一个人的牺牲却让那么多人欢乐，你应该感到高兴才是。"

回答猴子的是巨灵神手中的战斧。

初次见面时的场景在巨灵神心中如闪电般掠过，他镇静自若地看着眼前充满期待的斗战胜佛。自从那次被嘲笑之后，他的脸上再也没有表情，即使有人同他开玩笑又提到了他的鼻孔，他也只是淡淡一笑。

在这个世界上，有些问题不是发怒就能解决的，相反，等待与忍耐是最好的防御。

❧

"记住，打赢了就可以，千万不许打伤齐天大圣、斗战胜佛——孙悟空，在你之后，还有许多人等着同他单挑呢！"青云一面接过巨灵神递过来的"出场费"，一面再三叮嘱。虽然他反复要求，但仍然会有那么两个功力比较低的妖怪收不住手，打伤了斗战胜佛，这可是他最不愿意看到的。

自从飞云传书以来，斗战胜佛已经为他赚取了无数的法宝与道术，曾经是三界最可怕的孙悟空，现在是他最宝贵的聚宝盆。

斗战胜佛用充满期待的目光注视着巨灵神。虽然巨灵神不是什么非常厉害的神将，但如果要救他出去，是没有太大问题的。他至少可以把斗战胜佛被擒的消息带到天界。天界与天竺向来是互通情报的，这样佛祖就会派人来救他了。

当他看到巨灵神毫无表情的面容发生变化时，他的心沉了下去，一种彻骨的寒意自心底升起。

巨灵神咧开了大嘴，放纵地笑了起来，五六百年来，他一直没有这样笑过。他笑得是这么舒畅，这么痛快淋漓，以至于周围观战的妖怪们都被感染，发出巨大的哄笑声。

"救我……"虽然心冷了，但斗战胜佛仍勉强吐出这两个字，内心深处还残留着一线希望。

巨灵神的笑声逐渐停止，他伸出巨大的右手，揪住了斗战胜佛，将他高高举起，左手挟着沉重的破空声，狠狠勾在斗战胜佛的胸腹间。巨大的撞击将斗战胜佛击得高高飞起，直上半空，又重重跌落在地上。

斗战胜佛挣扎着爬了起来，喃喃道："你……怎么能这样？"

巨灵神闷雷般的声音响起："不要痛苦，你一个人的牺牲却让那么多人欢乐，你应该感到高兴才是。"

❧

　　当斗战胜佛像一块木头般被扔进地牢时，盲女虽然听不见，但可以感觉到有些不同。

　　"可怜的家伙……"盲女轻轻抚摸着斗战胜佛的伤口，轻轻叹息着。自从遇见盲女，斗战胜佛从来没有听到她为自己的目盲而叹息，也没有听到她为自己被妖精刺破耳膜而叹息，她每次叹息，都是为了他。

　　"我是可怜的家伙……"虽然斗战胜佛的神经几近麻木，但他忍不住差点笑了出来：一个又盲又聋、自身难保的人类弱女子竟然称他斗战胜佛、齐天大圣——孙悟空为"可怜的家伙"！

　　更令他苦笑的是今天同他单挑的对手。

　　巨灵神，哼哈二将，哪吒，托塔天王，二十八宿，九曜星官，赤脚大仙，张、葛、许、丘四天师……

天宫中几乎所有的武将，都变化成妖怪将他痛揍。

"原来他们如此恨我……我一定会到如来佛祖面前去告他们一状，一定会让他们好看！"斗战胜佛暗自发誓，但转念又想，"不，当年师父取经成正果，途经九九八十一难，现在他们一定也是通过变化来测试我。世间一切，原本是空，出家人不应如此轻易动嗔。阿弥陀佛！"

盲女的安抚令他逐渐放松下来，他的内心也逐渐平静。盲女轻声哼着小曲，虽然她自己无法听见，但她仍唱着，在她轻柔的小曲中，斗战胜佛逐渐进入梦乡。近来虽然身居地牢，他反而一直没有梦到大海，没有梦到岩石。

地牢里的宁静被粗暴的脚步声打破，盲女从地面的震动中意识到危机的到来，刚刚休息的那个妖精又要被拉出去折磨了。她猛然站起，慢慢地摸到了牢门口。

牢门打开，跳跃的火光中，青云的脸出现。

"出来吧，今天加班，有一个大财主来了。"青云没有理会阻挡在他前面的盲女，用一种不似妖精更像人类守财奴的口气对斗战胜佛说。

"我不让你们带他走！"

不知是哪来的勇气，盲女大声对着妖王喊。灯光下，她的眼睛闪烁着空洞的目光，但她脸上的表情是坚定的。

青云一把将她推倒在地，伸手扯住被惊醒的斗战胜佛，又一脚将刚爬起的盲女踢倒在地。

"你们这样做，会将他折磨死的！"盲女不舍自己在这黑暗中唯一的，也是同样不幸的伴侣，大声地却是徒劳地诅咒，"你们有一天会遇到齐天大圣孙悟空的！"

"她说什么？"站在青云身后的黄云惊觉般问道。青云哈哈大笑起来，这个问题根本无须他回答，盲女又连续重复了几遍她的诅咒。

黄云也笑了起来。他大步走向盲女，盲女似乎也知道危机来临，畏缩地向后退了退，但背后就是洞壁。

盲女支撑在洞壁上，大声道："你们一定会遇上齐天大圣孙悟空的！"

黄云无法再向前，因为斗战胜佛站在了他的面前，他可不愿意此时揍斗战胜佛，因此只是淡淡一笑，转身来到青云面前："大哥，借你的肩膀一用，我要晕一会儿。"

斗战胜佛看着黄云的背影，没有看到他眼中闪出的妖异的光芒。

片刻之后，只比死尸多一口气的斗战胜佛又回到了地牢。

黄云亲自拿着一个肉香四溢的盆子来到他面前，微笑地说道："今天辛苦了，给你补一补，明天还要接着打呢。"

斗战胜佛机械地接过盆子，喝了口汤，他的脑子完全麻木了，刚才同他单挑的，竟然是广目天王。

当他被痛击倒地再也无法爬起时，广目天王在他耳边轻轻地道："佛祖说了，这个世界上再也没有什么斗战胜佛了，永远永远！臭猴子，你认命吧！"

没有什么打击比这个来得更重，他知道广目是佛祖的亲信，广目所说一定是佛祖的意思。现在，他被一切抛弃了，绝望已经将他整个淹没。

不，还没有完全淹没，他想起盲女。自从盲女开始照顾他，他在心中就暗暗发誓，一定要让盲女在暗夜中见到光明，一定要使盲女在寂静中听到歌声。虽然现在他还办不到，但只要他出去，他一定能想办法，他甚至已经想到了如何去找药师佛为盲女治疗。

无论如何都要出去。他要将盆子里的食物大口吃完，他需要体力。

这时黄云悠悠的声音响起："味道还不错吧，你有多久没吃过人肉了？"

这时，斗战胜佛才发现，本该在地牢中等着他的盲女不见了！

他的心逐渐变得冰冷，胃开始抽搐。

- 伍 -
解脱

世界上什么最有力量？不是无坚不摧的神兵，不是金刚不坏的护具，不是一瞬间能将星星粉碎的法力，而是爱与恨的力量。

如果，一块石头也学会了爱和恨，那么，它就是最强大的。

——《悟能日记》

"我累了。"八戒淡淡看着失去禅杖的金身罗汉，钉耙在空中画了个漂亮的弧线，又回到了他的肩上。他的手中，不知何时出现了一个苹果。

金身罗汉大口地喘着粗气，他眼中的恐惧已经逐渐消退，但并没有完全离去。他缓缓坐在地上，躺了下去，动作缓慢得像一个朽迈的老人。他将目光投向浩瀚无穷的宇宙，投向隐隐约约的星河。不知何时起，天色已晚了。

"我原本是人，为求长生不老而修道。"良久，金身罗汉缓缓道，"后来我成仙了，我原本要挣脱这世界的束缚，在天地星海之间逍遥自在，不料却被玉帝召去做了个卷帘大将。"

猪八戒任他自言自语，仍旧端视着手中的苹果。

金身罗汉也没有收回目光，他梦呓般地言语，自己仿佛也回到了过去。

"原来，当了神仙也有烦恼。人的烦恼还可以解脱，神仙的烦恼呢，永无休止之日……人人都说神仙好，可是那时，我忽然发现我开始妒忌起人了。成了神仙，拥有强大力量，能够跳出生死轮回的我，竟然会妒忌起人了，哈哈哈哈……"

狂笑中，金身罗汉泪流满面。

"你只是烦恼，可有人拥有更多的苦闷、后悔。"猪八戒将目光从苹果上移开，也投向浩瀚苍穹的一角，那里，一轮弯月正静静挂着，一如千百年前。

"碧海青天夜夜心……"他在心中反复咀嚼着这句话。那个月亮上的仙子，现在是否也在咀嚼这枚苦涩之果，是否为一而再、再而三的错误而后悔呢？

"但我胆小，我懦弱，我没有什么神仙关系做后盾。我不敢拒绝玉帝的命令，我日日夜夜要为西王母揭帘放帘，为的是能保住这神仙的身份，保住这千古不坏的修行。直到那一日，齐天大圣大闹天宫……"

金身罗汉的声音慢慢高了起来："我才知道，神仙是可以这样做的，是可以这样畅快，这样自在，这样无拘无束的！我，也要这样！"

"但是，你只能在梦中这样！"八戒冷冷地惊破了他的思绪。

"是的，我只有在梦中才能感到自由。"金身罗汉咬牙切齿，"因为我只不过是一个小神仙，是一个平民神仙，我没有关系、没有后台、没有依靠，有的只不过是一个神仙的虚名！"

"后来的事我们都知道了。你陷入了自由的梦中不可自拔，甚至白天也精神恍惚，打碎了西王母的一只花瓶，被玉帝杖打八百贬下流沙河，每七日用飞剑刺你几百次……"八戒的话语几乎不带任何感情，似乎这样的遭遇他已经习惯了。

"我也知道你的事。"

金身罗汉将目光收回，投注在八戒身上，"你调戏嫦娥，玉帝亲手打了你两千锤，并让你投胎为猪……"

八戒对着月亮"嘿嘿"冷笑起来："这只是你所知道的，你还有不知道的……"

✧◦❦◦✧

黄云冷静地看着在地上的呕吐物中挣扎着的猴子，看着他一面抽搐，一面呕吐。他吐出来的，先是刚吃下去的人肉，接着是胃液，然后是血。

"你果然是我的梦想，连吐起来都与众不同。"黄云轻轻地说，强烈的气味让他更加兴奋，"正因为你是我的梦想，所以你只能死在我手中，我会给你安排一个最适合的死法，比如说呕吐而死……"

猴子没有回答也无法回答，剧烈的呕吐让他蜷成一团，他的四肢徒劳地挣扎，想抓住什么，但什么也没有。

黄云右脚踩在猴子的脸上，虽然猴子无法说话，但他可以感觉到猴子内心深处的绝望与痛苦，这大大加深了他的兴奋。

　　他缓缓用力，将猴子的脸压在地上，哈哈大笑起来："记住，你也不过是个小妖精。什么齐天大圣！什么斗战胜佛！什么孙悟空！你也不过是个平平常常的小妖精！你永远永远无法摆脱宿命的摆布！"到最后，他的声音变成了狂吼，但在狂吼背后，却是无边的恐惧、无边的无奈、无边的黑暗。

　　猴子或许听见了他的狂吼，便不再动了。整个地牢中回响的，只有黄云狂吼的回音。

　　良久，在外边看守牢房的小妖见到黄云神态自若地走了出来："去把那只死猴子扔了。"

　　"你和猴子一样。"

　　八戒终于收回了目光，并将之投在金身罗汉的脸上，那张刚才还哭过笑过的脸，现在已经平静下来了。

"你头上看得见的金箍不见了，可你心中却套上了一个无形的金箍，可怕的是，你根本无法感受到它的存在，所以你也永远不可能摆脱它！这一句话，很久以前我便想对猴子说了，现在，我把它说给你听。"

"我明白，我明白……其实我败给你时，我就明白了。"沙僧沉重地点头，"自由自在，是任何神仙佛祖都不能给你的，只有你自己，才能为自己夺取自由。"

"希望猴子现在也能明白，其实这一切，原本是他教会我的。"八戒轻轻叹息道。但与此同时，一种冰冷的寒意掠上了他们心头。

他们无法感受到猴子的气息了。

猴子，已经死了。

八戒抬起头，目光又聚在弯月上，轻叹便成了长叹："本来以为可以唤醒他，有了他，我们一定能打破这天命，让世上万事万物都能按照自己的选择存在，而不是由什么神仙、佛祖与天命决定他们的未来，只有这样，才会有真正的自由。现在……"

"现在……"沙僧也长叹。

迎着弯月的光芒，八戒的眼神开始凝聚，炯炯的目光自他双眸中射出，这一刻，他似乎变得异常高大。

沙僧望着他，不知为何，他的身影与记忆中大闹天宫时的孙悟空的身影重叠在一起了，令他难以分辨出哪一个是八戒，哪一个是悟空。

"现在，即使没有猴子，我也必须一战！"八戒低声但坚定地道。月亮的光华似乎全被他吸去，他的身体竟然发出隐隐的白光。

"你为什么会变成这样？"沙僧吃惊地问。

"为了向那个人证明，宿命、天意，都是可以打破的！为了让她知道，我们的命运，是可以由自己来掌握的！"八戒又缓缓补充道，"为了证明，爱，可以改变一切！"

回望愕然的沙僧，八戒脸上露出半喜半怒的神情："让我告诉你真相：调戏嫦娥的不是我，是玉帝自己。"

～✥～

"我怎么了……终于死了吗？"悟空略带轻松地看着黄云踩着自己肉身的脸，又随抬着自己尸体的小妖们离开了地牢。

尸体被扔进山涧后，他在原地徘徊良久，不知该如何是好。当他在自己的尸体边坐下时，他甚至不知该迈出哪一只脚。

"是先迈左脚，还是先迈右脚？"他问自己。当他终于决定先迈右脚时，牛头马面站在了他的面前。

"好久不见了，齐天大圣、斗战胜佛——孙悟空！"牛头狰狞地笑道，"我们等你很久了，自从你上次大闹地府起，我们就一直在等你，等你被宿命带来的这一天。说实话，我们都有些等不及了。"

"我跟你们走，也许转世投胎对我来说是个不错的选择，至少不用在这里为先迈左脚还是先迈右脚而伤脑筋了。"悟空道。

马面笑起来似乎要可爱得多："先等一下。"

悟空吃惊地看到牛头与马面猜起拳来，获胜的马面微笑着向他走来："在带你去地府之前，有件事我们想先办了。让我们成为地府中最早打败齐天大圣、斗战胜佛——孙悟空的人吧，你说怎么样？"

悟空惨然看着走近的马面："我可以选择吗？"

"反正你已经打了那么多场，也不在乎多加这两场，你说是吗？"马面笑容不改，声音却很阴冷，"因此，你没有选择。"

马面的重击在他发出声音的同时击中了孙悟空，孙悟空仰面后飞，重重地落在地上，没有发出丝毫声音。

"成了鬼魂，却还知道痛啊……"悟空想，他闭上眼睛，等待着紧接而来的打击。

"打够了吗？现在可以带我去转世投胎了吧？"看着打累了坐在自己尸体上休息的牛头马面，悟空道。

　　"转世投胎？你还想转世投胎？"牛头狂笑着，"你的命运决定了你将永远成为一个孤魂野鬼，没有任何希望。其实即使你去转世投胎，也不会有任何希望，这天下有谁不是在命运的安排下运转，谁曾有过什么希望？"

　　孙悟空目送牛头马面离去，缓缓地倒在地上，身上的痛楚如海浪般阵阵袭来，但他的头脑越来越清醒。

　　"死了，也无法解脱，这就是命运的安排。活着时在命运的支配下无意识地活动，死后还要被剥夺希望，这就是命运的安排。"

　　海水的声响在他耳边响起，他眼前似乎出现了梦中的场景。

　　那海，那石，那潮汐……

- 陆 -

觉醒的光

这个世界上有些事情就是这样，我们知道答案，却不知道问题是什么。

——《悟能日记》

若有若无的桂花香味，在广寒宫中弥漫。"突——突"的伐木声使得这月宫看起来更加宁静而寂寥，正如居住在月宫中的人。

吴刚将斧头举起，又重重劈了下去，再高高举起……如此反复。他已经在此徒劳了千万年，他不知还要如此徒劳多少个千万年，对此他也毫不关心，他只是尽力举起斧头，一遍又一遍地砍向这不断重生的桂花树。

他的姿势优美，节奏富有韵律，就是他自己，也要在这伐木声中睡着了，但他的动作没有停止，在他可以想象的未来，也永远不会停止。

也正是如此，他没有看到高大健壮的天蓬元帅来到了月宫。

天蓬没有进入广寒宫，他只是来到院墙的一角，悄悄坐下，在吴刚的砍树声中，静静地等待。这么多年以来，每到无月之夜，他便会悄悄来到这里，静静地等。

　　他在等什么？是小楼轻纱后那同样静静等着的身影？是那偶尔传来的凄婉的歌声？还是隐隐约约却沉重地击在他心灵深处的叹息？

　　他自己也不知在等待什么。天空中有月亮的夜晚，他会站在天河边，祈求太阳早些落下，月亮早些升起，而没有月亮的时候，他便会悄悄来到这里。

　　那个人知道他的到来吗？有时他也自问，但这并不重要，重要的是，他在守候和等待。

～◎～

　　纤纤的手指轻轻撩起窗纱的一角，嫦娥习惯地向墙外的那一角望去。

　　"他……"嫦娥又迅速地将窗纱放下，心却如被风吹动的窗纱般波动起来。

"他在……"

半是喜悦半是惊惶，随着这轻声叹息搅动了她的心绪。自己是什么时候开始在意起这个傻傻坐在那里的神仙呢？她记不起来了，她唯一记得的，是那一双眼睛。

那不是一双像其他男子一样充满情色欲望的眼睛，也不是如其他男子一般故作清高拼命压抑的眼睛，那是一双有神的而且清澈如天河之水的眼睛。每当嫦娥看到那双眼睛中温柔的目光，她的心便会跳个不停。

为什么会这样？难道经历了千万年前的伤心事，这颗古井无波的心仍旧还会火热地跳动？

这样的场景已经重复了多少次，在将来还要重复多少次，天蓬不知道，嫦娥也不知道。一个静静地等，一个静静地躲，都不过是因为吴刚偶尔会自言自语的那句话：

"天命难违。"

海在脚下澎湃起来，像沸腾的水。巨石感觉到海浪震动传来的信息。

"来吧，到这边来吧。"潮汐轻轻地呼唤着巨石，巨石忽然觉得满心欢喜，它听到了一个声音在自己内心"怦怦"作响。

那是什么，那就是声音吗？那是什么声音，是我心跳的声音吗？我是谁，我怎么了，我是从何而来的，我又将要向何而去？

巨石可以感觉到自己体内的变化，他耐心地等待着，等待这变化的终结。

潮汐每日将海那边的问候带来，又将他的问候带回，巨石在渴望与忍耐之间终于不能平衡，他不能等到变化的终结，那一天，他击碎了自己，他跃出来了。

海浪欢笑着卷向这新生的生命，他赤裸裸来到这世间，他欢呼着跃起想去拥抱这天空、这大地、这海、这一切。

在海水中，他看清了自己的样子。

他还是只猴子。

于是他狂叫起来。

猴子从地上一跃而起，他是被自己的狂叫声惊醒的。

"我怎么了，做了个奇怪的梦？"他纵身跳入山涧溪流，清晨，溪水的凉意将他从昏沉中唤醒，他也逐渐恢复了记忆。

他静静地注视着自己在水中的影子。

"我又活了……"

"你又活了……"

老人悄无声息地出现在他面前，红润如婴儿的脸上浮现出浅浅的笑意。

这笑意，猴子是那么熟悉，但猴子突然发现，虽然自己记起了许多事，但忘记了一些最重要的东西。

"我是谁？"猴子问。

"孙——悟——空。"

老人如当年为他取名时那样，缓缓地道。

当年为猴子取名的记忆瞬间在两人心中掠过。

"师……父……"孙悟空艰难地压抑着自己的感情，伏倒在菩提老祖面前，"是您救了徒儿？"

菩提注视着东方山顶泛出的光明，天就要亮了。他道："不，救你的，是你自己。"

〰

那一天，天蓬仍然静静坐在墙角等待即将到来的未来。那一天，嫦娥仍旧悄悄坐在窗后躲避即将到来的未来。

他们都没有看到，玉帝与几个亲信护卫，悄悄走进了广寒宫。

"你还在思念那个灰飞烟灭了的后羿吗？"

玉帝柔和的声音打破了小楼的寂静，受惊的嫦娥在一瞬间将脸上的绵绵情意收起。

"你有了永恒不灭的青春，有了万劫不逝的美丽，有了世人瞩目的身份，但你却没有幸福的笑容。"玉帝一面用柔和的声音敲击着嫦娥的心，一面带着迷人的笑容向她张开了怀抱，"现在，我要给你幸福。"

如果不是那个人千万年来痴痴地等待，自己还能抵挡住这种诱惑吗？嫦娥不敢想，一瞬间，她忽然体验到了幸福。

被人等待的幸福。

于是她绽开千万年来第一次真正开心的幸福的笑容。樱唇轻
启，玉帝脸上迷人的笑容却逐渐消退。

"不。"

玉帝惊讶地看着这个拒绝自己的女子，千万年的寂寞难道还
没有让她屈服？

他恼怒了，顺着嫦娥的目光，他大步来到窗前，一把将千万
年来隔开嫦娥与天蓬的窗纱扯下，他向外望。

外面是愤怒回视的天蓬。

"原来如此。"玉帝的面色变了，笑容又浮现在他脸上，他回望
嫦娥。

"你已经得到了幸福，那么，你就必须为你的幸福付出代价。

你愿不愿意放弃你的青春、美丽和身份？”

　　嫦娥的脸一瞬间苍白如纸。

　　她望着同样苍白如纸的天蓬的脸，他们都寂静无声，都在等待她的回答。

　　只有吴刚伐木的声音"突——突"一下又一下敲击在三人的心上。

　　良久，她摇了摇头。

　　"天命难违。"这是天蓬听到的她对他说的第一句话，也是最后一句话。

～⌒⌒～

　　"因为你的心中，还有着强烈的爱与恨，所以你没有死。能救你的，只有你自己的求生意识。"菩提祖师端详着自己这个弟子，"你的恨，你已经找到；你的爱，你还未找到。所以你只不过活了过来，仍旧没有力量。"

　　猴子仔细地看了看自己瘦弱的手，说道："我的力量，我的力量怎么了？"

　　菩提祖师苦笑："你过于信任如来，却不相信自己的力量，你以为可以依靠佛法，便把自己的力量献给了佛祖。"菩提祖师深情地看着猴子，又道，"认识你自己。"

　　猴子仰望着老人，老人的身影逐渐模糊，缓缓消失在空气中，老人的声音却在山谷中回荡不已。

　　"认识你自己……"

　　猴子陷入沉思，他忽然觉得，对于他久未思考的大脑来说，这样的沉思太累了，于是，他想起了八戒的思考方法。

　　他拾起一块桃形的卵石，痴痴地注视着。

♧♧

"原来如此。"

沙僧良久后只说了这四个字。

八戒炯炯的目光逼视着他："我不怪她，我只是想向她证明，只要有爱，天命也可以被逆转，命运也可以被打破。"

沙僧苦笑："那么，你首先就得打倒执行天命的神仙佛祖。"

八戒转过身，大踏步走去。

"既然猴子已经完了，那么，就只有靠我自己了。"

沙僧站了起来："我同你去。"

"等一下！"

一个女子清脆的声音在二人耳边响起，声音传来的地方，蓝色的光如水波般向四周散开，接着又聚在一起，出现了一个蓝衣女子。

"你们去，不过是送死。"蓝衣女子淡淡地道。

这是何等特别的一个女子！

八戒与沙僧无法用形容女子美或丑的词汇来形容她：她晨风中拂动的长发闪着暗蓝色的光芒，沉静的眸子里反射出的也是如晴空的色彩，见到她的一瞬间，八戒几乎都忘记了月亮。

最让他们吃惊的，是这个女子给他们的感觉，是如此的熟悉。

- 柒 -

目 光

从诞生的那一天起，我们就在寻找，寻找究竟什么才是自己，当我们找到的时候，也就是我们失去自己的时候。

——《悟能日记》

太阳悄悄爬上了山头，第一缕阳光射在猴子的身上。

"认识我自己……"仿佛是被这阳光照亮了心扉，猴子忽然明白自己该做什么了。

"我要回去。"

于是猴子踏上了向东行进的道路。

还没有完全恢复力量的猴子，自然不会知道，冥冥中有无数双眼睛在注视着他，但他能够想到，向东行走，是一条比他取经还要危险的道路。

"原来你还没有死……你还想挣扎吗？"如来盘膝于莲座，在冥想中，他看到了猴子穿山越岭的身影，与此同时，思维的波将他所见的情景传递给了观音。

观音的笑容丝毫未变，千万年来她一直相信这高高坐在莲花座上作无畏印 [5] 的人，她深信，这世界上一切都飞不出他的手掌心——六百年前是这样，六百年后仍旧是这样。现在，是她考虑如何利用这机会为自己积些功德的时候了。

"我佛大智大慧，洞察古今未来……"观音又从她那长达三炷香的祝词开始，最后，她道："请让木吒前去降伏妖魔。"

如来微笑："不用我们……"

"你为什么要阻拦我们？"

八戒从对这瞬间出现的神秘女子的惊愕中恢复过来，他将视线又移到苹果之上，再也不望这女子一眼。

---

[5] 无畏印：佛教手印之一。佛教认为这一手印表示了佛为救济众生的大慈心愿，据说能使众生心安，无所畏惧。

"你以为，一个人的力量可以打破天命吗？"蓝衣女子高昂着头，周身散发出无可比拟的自信，八戒与沙僧忽然醒悟为什么对这个女子如此熟悉，她那种自信与六百年前齐天大圣孙悟空站在灵霄宝殿前的自信一模一样。

"你想试试吗？"八戒将苹果送入口中，单手握住钉耙。

两人都没有什么特别的动作，但沙僧却无法不被这两人散发出的强烈战意挤压后退，一步，两步，三步……汗水自他额头滴下，虽然没处于两人的中间，但他依然感到无边的恐惧。

狂飙的战意中的两个人傲然而立。

蓝衣女子手轻扬起，指作拈花状。一条蓝色的带子出现在她的手中，紧接着便化作漫天蓝色的光影，如四海里的碧波全涌向八戒。

巨大的压迫感仿佛化作实体，八戒瞪着眼前这一片蓝色，想将它完全看透。

九齿钉耙以一道优美的弧线将漫天蓝影扯裂，力量向四周迸开，掀起了一阵狂风，将周围的草木吹折，碎石掀起。伴随着八戒的大喊，钉耙如巨爪横扫向她袭去。

但漫天蓝影又很快弥合，势如雷霆的钉耙像是击中汪洋大海，所有的力都被传开，被这力掀起的海浪却卷向了八戒。

她出其不意的逆袭将八戒庞大的身躯卷起，八戒周身感到被海水淹没般巨大的压力，这压力如海潮般不断袭来，似乎可以将处于压力中心的一切都碾得粉碎。但这对于八戒没有什么用处，他非常熟悉水性。

他原本就是天蓬元帅。

什么时候才能回到故乡？

猴子望着已经翻过的一重又一重山，若是当年，这样的山他可以一口气翻过一万座，而今，他只有望着山叹息。

　　天空传来巨鸟扑击的声音，猴子抬头举目，一只山鹰正低低地掠过山顶。在空中，它是自由的。

　　猴子从枝头摘下些嫩叶，胡乱塞进自己的嘴里——这张嘴，吃过天上的蟠桃，饮过瑶池的琼浆，也吞下了地牢中那照看他的盲女。

　　而今，晚秋未凋尽的嫩叶便足以让他觉得鲜美无比。要回到远在东胜神洲傲来国花果山的故乡，体力是极为重要的。

　　空中滑翔的鹰冷冷看着下面树上的小点。

　　这是一只猴子，虽然猴子并非鹰所喜爱的食物，但在这个季节里，有猴子吃也算不错了，更何况这只猴子看起来比一般的要大许多。鹰并不着急，它要的是一扑必中的机会。

　　猴子没有意识到危险，当黑云一般的巨鹰尖啸着向他俯冲而来时，他吓得愣住了。

这雷霆万钧般的气势,这一击必中的姿势,这义无反顾的决心,让他想起自己曾经拥有过的力量。

猴子发出凄厉的惨叫。一瞬间他身上的毫毛全部竖了起来,但这既不能吓住鹰,也无法获得鹰的同情。

鹰的利爪如刀般斩向猴子要害,但就在这同时,鹰却发出了悲鸣。

猴子瞪大了双眼。他知道有人救了他,他四处搜寻那个用法术救了自己的人。

"是师父吗?"他问。

回答他的是一阵狂笑。

喘息略微舒缓,八戒的目光如箭……

蓝衣女子依旧平静如水，手中的蓝绸带子在风中轻轻飞舞。

八戒无法从她的目光中看透什么，对手如大海般深不可测，又如蓝天般清晰澄澈。

八戒再次举起钉耙，这次他用了双手。他曾以为除了大闹天宫时的孙悟空以外，再也没有人能让他双手对敌，但眼前这个蓝衣女子，却迫使他不得不用上全力。

钉耙划过，没有带起一点风，只是缓缓地，像是有什么东西在阻碍一般向蓝衣女子的天门压了下来。

空气似乎在钉耙下凝结了，吱吱作声，升起冉冉的白雾。

蓝衣女子凝视着钉耙，额间终于渗出汗水。

八戒的目光逐渐变得炽热。

如果当年认识这点，如果当年知道这点，那个玉帝还能从自己身边将嫦娥夺走吗？一瞬间里，他的思绪穿透了时光，逆流到六百年前。

"天命难违。"

嫦娥决然地望着天蓬。

整个月宫,整个苍穹都似乎在崩溃,大地在碎裂,烈焰在奔腾,海水在咆哮,这一切都发生在天蓬的心中。

但他却逐渐平静下来。

玉帝脸上的嘲意丝毫没有刺激到他,早在嫦娥说出来那一句话,他的心已经碎了。再厉害的打击,都不可能伤害一颗已经碎成无数片的心。

"你退下吧。"

玉帝不愿意让人觉得自己心胸狭隘,因此他淡淡地道,但他脸上的嘲意已经明显地警告了天蓬。

"……"

"你快退下吧！"玉帝重复了一遍，他还补充了句："这是朕的命令！"

"朕的命令"，即是天命。

这句话是玉帝没有说出来的。

"……"

愤怒的玉帝再次打量着眼前这个以沉默对抗天命的男子，顺着他的目光，他看见嫦娥用一种他从未见过的眼光正凄婉地看着天蓬。

无奈、羞惭、爱怜、绝望、渴求、温柔、决然……

从来没有人用这种目光看过自己，玉帝从没想到目光能同时表达如此多的情感。从来没有像这样的一刻，连玉帝都觉得无力。即使是孙悟空大闹天宫打上灵霄宝殿之时，他也相信自己能获胜。

因为，天命如此。

但此时，玉帝却觉得无能为力，这个久居月宫的女子，为何不肯将这万种柔情的目光投向自己？

苦笑浮上了玉帝的脸。原来，执行天命的自己，在天命面前也不过如此。

"来人！"他缓缓道，"天蓬借醉调戏嫦娥，给我带走！"

天蓬没有反抗，也无法反抗，他不过是一个中等级别的神仙将领，绝不会是玉帝近侍的对手。更何况，嫦娥的目光阻止了他。

他就这样几无知觉地被拖走，但他的意识仍旧停留在嫦娥阻止他的目光里。

巨灵神狂笑着望着猴子，这一次他没有变身，猴子在他面前

是那么渺小，渺小得几乎一伸手便可以将他抓紧捻碎。而猴子在
山鹰攻击下的狼狈与畏惧，更令他感到有种前所未有的满足——
这种满足是他在天上做一个低级的神仙难以得到的。

猴子仰望着巨灵神，没有作声。

巨灵神的狂笑平息下来："你又在看什么？"

他对猴子表露的平静很奇怪，这个面对一只鹰尚且几乎吓破
胆的猴子，这个前不久还在青云洞被自己痛揍的猴子，这个仍旧
弱不禁风一无是处的猴子，面色竟然如此平静，平静得自己似乎
根本不存在。

"我在看你的鼻子，你长了一个朝天鼻，下雨天雨水会流进去
的，你最好做一个鼻套子。"猴子的回答一如六百年前。

意料之中的答案也带来了意料之中的反应，无数天兵天将嘴
中发出狂笑，巨灵神愤怒地回视，却发现笑得最狂的，是他不敢
得罪的人。

哪吒。

于是巨灵神也跟着笑了起来，虽然每一声笑都像刀一样刺在他的心上。

笑声中巨灵神向猴子伸出巨灵之掌，笑容无法掩盖他的目光中如火一般的愤怒，而猴子的目光平静如水。

猴子的思维一瞬间回到了六百年前，当思维回到眼前时，形势已逆转。

❧

蓝衣女子的蓝色丝带如蛇般昂起，卷住了八戒的手臂，他的钉耙，再也不能压下一分一毫。

"不要动用你的天罡变化。"蓝衣女子从毫无表情的八戒脸上看出了他的心思，"对于我，你的天罡变化是没有任何用处的。"

世界上的事，有没有用处，只有试过才知道。蓝衣女子的话刚结束，八戒的身形突然庞大起来，片刻间便超过了山。

但蓝色的带子仍紧紧缠着他的手臂 —— 他变化，带子也变化。蓝衣女子拉了拉带子，巨大的八戒变成了一块巨大的山石，压向她的身体。

蓝衣女子眼中闪出一丝不忍，伸出左手，伴随一声轻咤"破！"，食指弹出。

看出危机的沙僧拼命掷出了禅杖。

禅杖横亘于八戒与女子之间，轻轻一声响，又掉在地上。

女子这一指被禅杖挡住，而八戒也现出本相。女子收回了蓝带，八戒呆呆地看着自己脱开束缚的手。

超过了孙悟空大闹天宫时的力量，仍旧是如此不足为恃，难道天命真是不可战胜的吗？

"你是谁？"沙僧抹去汗水，无力地问。

　　"如果你们愿意，"女子的目光仍如蓝天般清澈，缓缓道，"就叫我潮汐。"

- 捌 -

认识自己

有一个人，是每天我们都要见到的，但有的人到了进坟墓的那一天，还想不起这个人到底是谁，这个人，就是我们自己。

——《悟能日记》

巨灵神捏住了猴子。

"拿开你的脏手。"

猴子平静如水的目光令巨灵神深感不安，他不太明白发生了什么，这个半死的猴子为什么还如此镇静。

"我要捏死你！"巨灵神决定给猴子这一"慈悲"的死法 —— 痛苦不会延续很久，但死相会比较难看。在天宫中，他的力量向来是被别人使唤来使唤去的，但在这里，他可以按自己的想法使用力量，这让他非常满足。

在巨大的力量的挤压下，猴子的血全部冲向脑门，血液似乎就要冲破血管，冲破皮肤。他周身的骨骼发出可怕的咯吱声。

"还是要死吗？"猴子心中黯然。

巨灵神看到手中的猴子不再挣扎，于是又发出狂笑，从他张开的阔嘴里发出阵阵臭气，喷向猴子。

"要死在这样的家伙手中，如此窝囊地死去，从此就要向命运屈服了吗？"疼痛反而让猴子更加清醒，是死前的回光返照吗？

"认识我自己……我是谁……我是孙悟空吗？我是孙悟空之前我又是谁？我是孙悟空之后我会是谁？"无数个问号将他的思绪带回了花果山。

"我想起来了，我原本是一块石头……"千万年来的往事，如梦一般在他的脑中一闪而过，他闭上了眼睛。

不管巨灵神的手指如何用力，他都觉得自己像是在捏一块石头。

孙悟空缓缓睁开双眼："拿开你的脏手。"

巨灵神吃惊地看着自己的手指被孙悟空一根根折断，伴随着的是海浪般汹涌而来的痛苦，他的狂笑变成了狂号。

　　哪吒惊奇地看着这变化，这个猴子又变回了孙悟空吗？死了的人还能复活？被佛祖夺去了的力量还能恢复？天命决定的事情还能逆转？

　　他还不是孙悟空。

　　在疯狂的巨灵神旋风般的斧头下，猴子只能狼狈地躲避，他并没有完全恢复。

　　哪吒忽然觉得有趣起来，这一切让他回忆起自己的过去。

　　当年自己也是死后以莲为肉、以藕为骨复活的。这个猴子走的道路与当初的自己如出一辙 —— 只是最后的选择不一样。

　　人在命运的支配下，有时可以选择是服从还是违抗。如果当初自己选择的仍旧是违抗天命，结局会是什么样？

“我也是一个妖精，一个普通的妖精。”潮汐平视着八戒，“因此，你大可不必担心我会替天命阻止你。”

八戒的目光凝聚在手中的苹果上，默然无语。

“我希望我们能合作。”潮汐提出一个无论从哪方面来看，八戒都无法拒绝的建议。

“不。”八戒的目光没有离开苹果，但他脸上浮现出似有似无的笑，低声但很坚决地拒绝了提议。

“为什么？”

八戒没有回答，嚼碎苹果吞下，他闭起了眼，再也没有理会潮汐。

怒意在潮汐眼中凝结，这个男子为什么会拒绝自己的建议，

有什么东西支撑着他拒绝如此有诱惑力的建议？

一起反抗天命？即使你是真的想反抗天命，但有谁知道我们在此相遇本身是不是天命的安排？谁知道我们的一切行动是不是早已注定？

潮汐只是愤怒地看着八戒。

闭着双眼的八戒与沙僧又产生了那种感觉，为什么这个女子让他们觉得如此熟悉？

她的力量、她的气势都让他们觉得熟悉，熟悉而亲切……

蓝光闪过，潮汐的身影逐渐消失，这时，八戒和沙僧几乎同时叫出声。

"等一等……"

我们在生活中是不是总有要等等别人或请别人等等的时候？我们是不是会因为一次不耐烦的等待而在心中留下了永远

的遗憾？我们是不是因为一次欺骗的等待而在心中烙上永不愈合的伤口？

或者，我们一生干脆就是为了完成一次长时间的等待。

身在千里之外的潮汐心中掠过这奇怪的想法。当初那个人不就是没有等一等自己而落得个形单影只吗？而自己不也正是为了多等一等而错失了机缘吗？

究竟是天命让我们犯了错误，还是我们自己的选择造成了错误？我现在选择的结果又将是正确还是错误？

蓝光流转，潮汐又回到了八戒与沙僧身边。

她看到的是完全不同的八戒与沙僧。

巨灵神的斧子贴近了猴子的脑门。虽然没有他想见到的猴子跪地求饶的场景，但巨灵神已经很高兴，这种高兴似乎让他右手指折断的疼痛也好受了些。

他没有听到哪吒轻蔑的哼声。

猴子双手合十，夹住了巨灵神的斧刃。被佛祖抛弃的猴子以一个标准的向佛祖合十行礼的姿势救了自己。

"认识……我自己！"猴子的大喝声中，巨灵神的斧头脱手飞出，直冲碧空。

"认识……我自己。"哪吒不知为何很想反复咀嚼这一句话，于是，他轻声念了出来。

巨灵神瞠目盯着眼前这小小的猴子。猴子在一瞬间压倒性的力量，让他想起当年金箍棒曾经给他带来的窒息般的压力。

他几乎要以为这是梦了，那个大闹天宫的孙悟空，又回来了吗？猴子仔细打量着自己的双手，刚才那是自己的力量吗？

巨灵神庞大的身躯悄悄向后移动，他想起孙悟空当年的棍子，想起在青云洞中自己对他的虐待，他不得不让自己庞大笨拙的身躯离猴子尽可能远一些。

"我究竟是谁？"猴子与哪吒几乎同时问出这个问题。

猴子茫然地环视着周围的天兵天将，忽然大声地问道："我究竟是谁？"

火焰闪过，哪吒的火尖枪从猴子破烂的裟裟中穿过，将猴子挑起，猴子可以感觉到枪尖的炽热，也可以感觉到枪尖中轻轻的颤抖。

"不管你是谁，你都得死。因为这是天命，天命是不可违的。"哪吒原本红润的脸变得有些苍白，他大声地、一字一句地对猴子说，也是在回答自己。

猴子依旧用火眼金睛盯着哪吒。

"是这样的吗，真是这样的吗？"

哪吒突然将火尖枪收回，紧接着又是急刺，每一枪都贴着猴子的皮毛穿过，枪尖的火焰几乎将他的毛皮烧焦。伴随着疯狂的突刺的，是哪吒的愤怒和叫声。

"是这样的！这个世界，原本就是这样简单的！"

如果是这么简单，那你心中为何会有痛苦会有挣扎？那你为何会想起多年前的仇恨？你为何会想起那海边的少女？

那是什么时候呢？是几百年前还是几千年前，为什么我会沉睡如此之久？为什么我在这么长的时间里都不能记起？

～

那天天气真好……天与海都是碧蓝的，海风拂着你的发，你的笑容比阳光还要灿烂，你的声音比仙乐还要动听，你在沙滩上轻快地奔跑，细小的浪花在你脚下翻起，连海水的奔涌都为你而轻柔，整个世界都充满着你的气息，自由而快乐。

为什么我不能早些追上你？为什么黑色的浪掀起来时我会惊

呆？为什么龙太子与巡海夜叉的狂笑会将你整个淹没？为什么我再见到你时，你变成了一具冰冷腐烂的尸体？

巡海夜叉的头被敲碎了有什么用？龙太子的筋被抽了有什么用？这一切，这一切都不能换回你的笑了；这一切，这一切都不能换回你的歌了。我只能永远把那一天在心底深处收藏，每一年每一月每一天每一时，反反复复，直到地老天荒。

可是后来呢？后来发生了什么？师父说你死了是因为天命，爹爹说龙王来报仇是天命，玉帝还说龙王报仇时杀死了那么多无辜百姓是天命……天命难违，最后我选择了服从天命。为了天命，我割了肉、剔了骨，换了这莲花身；为了天命，我变成妖精，去青云洞打那没有还手之力的猴子；为了天命，我甚至把你是谁都忘了。

可为什么今天，我会想起这些事呢？

认识……我自己？

"你能认识你自己吗？"

哪吒目光炯炯。在他的目光下，猴子依旧茫然。

"不知道。"

他把火尖枪高举向天，腾腾的烈焰围绕着枪尖跳跃，这些跳动的火的精灵也感受到一种变化，跳动得格外绚丽。

"让开。"哪吒大喝。十万天兵惊愕地看着他。

"乘我的风火轮，去寻找你自己吧！"哪吒大喊，脚下的风火轮将猴子高高托起，直冲蓝天。

"让我看看，当初我没有选择的那条路会有什么结果吧。"这句话哪吒没说出来，那一年海边的一幕再次在他脑海中浮现。

混天绫如虹般冲破天兵的阵势，紧随其后的，是被风火轮托起的猴子。

望着向自己围拢过来的天兵天将，哪吒长长地吸了口气，火尖枪重重刺入地面，一瞬间，在他周围腾起了烈焰。

"天命，来吧！"

- 玖 -

心

仔细侧耳听吧，在天与地之间，无数精灵在唱着自由的歌，但只有有心的人才能听得清。

——《悟能日记》

✿

　　檀香的烟雾在宝殿中缭绕，宝殿里的无数张脸都在似隐似现的烟雾下，显得正气凛然。

　　低声的梵唱在大殿中漾起微微的回音，如来低垂着眉，拨动着念珠，口中喃喃念佛。

　　别人念佛是为了求得如来保佑，如来念佛又是为了什么？

　　"求人不如求己。"

　　合鸣的梵唱、迷离的檀香、庄严的宝像，凝成了一种无形的力量，牢牢笼罩在大殿中每一个神佛的心头，形成强烈的信念。

　　每个人的心都平静如水。

　　如来低垂的双眉忽然挑了一下，一直在注意着他的观音眉头也轻轻一皱。众神佛感受到这前所未有的变化，都睁开了双眸。

如来唇边浮现出浅浅的笑意，他必须压制住自己的痛苦与惊诧，他是这个大殿中一切信心之源。

"今日为诸位说大乘《最胜王经》[6]，若人欲得最上智，应当一心持此法，增长福诸功德，必定成就勿生疑。若求财者得多财，求名称者得名称，求出离者得解脱，心定成就勿生疑。"雄浑的男音在大殿中久久回响。

一段经诵完，如来又垂下了双眉。此时，猴子正夹住了巨灵神之斧。

"刚才那股强大的、直接解开了我对猴子禁制的力量，是谁？"

观音也合上双眼，眼角的余光在旃檀功德佛[7]脸上一扫。

---

[6]　《最胜王经》：又名《金光明最胜王经》，佛教认为念诵此经可得四大天王保护。

[7]　旃檀功德佛：古典小说《西游记》中，唐僧经历了九九八十一难，取得真经后被封为旃檀功德佛。

旃檀功德佛没有任何表情。

"悟空，师徒一场，我能帮你的就这一点了。"

～◦～

潮汐惊讶地看着八戒与沙僧，八戒与沙僧也同样惊讶地看着潮汐。

"这两个不人不妖不仙不佛的家伙，怎么一瞬间就变成这样了？刚才他们的意志还是那么消沉，现在为什么如此昂扬？还有，他们的目光为什么是这样可怕？"

"这种力量，我想起来了，正是这种力量，一模一样的力量，难怪这个女子如此熟悉，这是因为我熟悉她的力量。"

八戒炯炯的目光上下打亮着潮汐："你是……死猴子？"

潮汐几乎晕倒。

"你这个臭猪……我怎么会是猴子？"

沙僧的目光也如八戒般兴奋："一定是大师兄的鬼魂借了一个女子的身体，难怪她开始说自己是一个妖精，大师兄本来就是个猴妖！"

"我——不——是——猴——子！"潮汐几乎想杀了这两个怪物，一个女子，无论她的身份是神是妖是鬼是人，都绝不会允许有人把她当作猴子。

想起自己不该这样死盯着一个女子，八戒的目光移向天际，月宫的那个女子会不会怪自己有片刻没有思念她呢？当年离别时，自己用目光向她承诺，不论什么时间什么地方，都会念着她的。

"至少，你身上的力量，与猴子的力量一模一样。"他冷冷道。

潮汐的脸色顷刻间变得惨白。

"你们是说，"她一字一句道，"你们见过，和我拥有同样力量的人？"

"嗯！"八戒与沙僧用力点头。

"你们是说，那个人是你们的大师兄？"

同样的回答。

"你们是说，你们的大师兄是一只猴子？"

在八戒与沙僧回答之后，潮汐几乎晕了过去。

等了无数年，从大海形成的那一天起，不，仿佛从天地分开的那一天起，自己在痴痴等着的，居然是一只猴子？

想了无数次，日日夜夜千思万想的，居然是一只猴子？

梦想与他一起并肩打破天命，让一切都变得自由自在的那个人，竟然是个猴子？

"天命如此……"潮汐苍白的脸上浮现出苦笑，与天命为敌者，天命必罚之?

"多告诉我一些,你们的师兄——那只猴子的事情。"

　　风鼓起破烂的袈裟,钻入猴子怀中,轻轻抚着猴子的毛皮。群山在猴子脚下飞逝,白云在猴子面前掠过,淡淡的水汽很快便将他全身都渗湿了。

　　猴子深深吸了一口气,又长长吐了一口气。无数往事也如这云般掠过。山之后,是浩瀚无边的万里烟波。海那边,是他魂牵梦绕的家园。

　　有多长时间没有看到花果山了?猴子无法回答自己。不知为何,泪水突然爬上了猴子的眼眶,五行山下五百载光阴里,他没有哭过;西行路上九九八十一难中,他没有哭过;青云洞中受凌辱折磨时,他也没有哭过。但到了家乡边上,他为什么会哭?

　　风火轮低低自浪尖上掠过,海鸥低鸣让开了天空,猴子的泪

水一滴滴落在海面上，泛起微微的涟漪，但很快就被海浪所掩盖，
了无痕迹。

每一朵浪花都在欢腾跳跃，这些海的精灵大声喧哗着，后浪
拥着前浪，前浪引着后浪，大自然神奇的力量让它们跳动不已，
永不停息。它们忽而聚成群山，忽而散作珠玉，忽而直冲九霄，
忽而一泻千里。它们无拘无束地欢腾跳跃着。

垂首看着浪花的猴子，忽然也有了要同它们一起跳跃的冲动。

"来吧！"浪花大声召唤。

"去吧！"海风轻声鼓励。

猴子对着海风张开了自己的双臂，仿佛要拥抱这天空，这大海。
海与天空的气息缓缓注入他的身体。

猴子脚下的风火轮的光焰突然变得弱了下来，一闪一闪，紧
接着完全熄灭，碎裂，坠入大海。

猴子也随着落入大海。

"哪吒完了。"这是他入海前最后的念头。

"李靖，你教的好儿子！"

玉帝冰冷的目光盯着托塔天王，这个地位极高的神将如闻丧钟的恐惧令他稍觉快慰。八十一级的白玉阶下，李靖正战栗地跪在那儿。

"臣该死，臣该死！"顾不得平日的威严，李靖拼命地磕头，"臣已亲手将叛逆的哪吒收入镇妖塔，还请陛下降罪。"

冷冷的笑意在玉帝心头浮起，这个看起来神圣的神仙，这个表面正直的父亲，为了自己要再一次牺牲自己的儿子了。既然如此，那就如他愿吧，也好让所有神、佛、人、妖、鬼都知道，逆天命者，必不得善终。

"既是如此，那朕就给你一个大义灭亲的机会。"望着噤若寒蝉的神仙们，玉帝的目光逐渐变得残忍，"命你为监斩官，亲自于斩妖台斩杀叛逆哪吒。"

太乙真人白眉一展，便看见玉帝如冰的目光转向自己，他只是轻轻颤了下双唇，便不再作声。

灵霄殿里回响的只有李靖磕头的声音和他感激涕零的谢恩声。

"要他亲手杀死自己的儿子，他还必须谢恩……这就是天命的威力。"玉帝轻轻吁了口气，哪吒不足为虑，现在令他担心的，是那只猴子。

天命的主宰权确立以来，这只猴子是唯一屡次与天命抗衡者。

"二十八宿[8]听令。"

---

[8] 二十八宿：上古时代人们根据日月星辰的运行轨迹和位置，把黄道附近的星象划分为二十八组，俗称"二十八宿"。中国道教把这二十八星宿分别对应一个星官，它们是：亢金龙、女土蝠、房日兔、心月狐、尾火虎、箕水豹、斗木獬、牛金牛、氐土貉、虚日鼠、危月燕、室火猪、壁水貐、奎木狼、娄金狗、胃土雉、昴日鸡、毕月乌、觜火猴、参水猿、井木犴、鬼金羊、柳土獐、星日马、张月鹿、翼火蛇、轸水蚓。

短暂的惶惑转瞬即逝，玉帝的神色又恢复平静，平静而庄严。

〉〈

"你是谁，为什么会有与大师兄一样的力量？"

猪八戒眼睛盯着苹果，说话却是对着潮汐。

蓝色的带子迎风飞舞，潮汐笔直地站着，没有像八戒与沙僧那样随意找个地方坐下，她将目光投向遥远的东方，投向浩瀚的时空。

是从开天地起吗？还是在开天地以前？自己就痴痴地立在那里，无知无觉，不会累也不会轻松，不知风霜也不知雨雪。

又是从什么时候开始，海水开始在脚下澎湃。这些活着的精灵，这些永不停息的精灵，它们是快乐的，它们是欢笑的，它们是自由的。

"海的那一边，浪的那一端，会是什么？"自己无数次想问大海。

可是自己无法问，自己只是一块石头。

"要是能动能看能听能说，那该有多好……或者请海那一边、浪那一端的来看看我……"

潮汐将巨石的心意带走，后浪传给前浪，前浪引着后浪。

潮汐又将海那一边、浪那一端的心意带来。

"原来……那里，也有一个我……"

怦怦的声音在自己体内响起，为什么自己会有这种温暖的感觉？为什么自己开始觉得立在这里很寂寞？那怦怦作响的是什么，是我吗？

浪花告诉自己，那是心在跳。潮汐依旧欢笑着，将对面的心跳声传来，又将自己的心跳声传去。两颗心，隔着大海，用相同的步律跳动。

"我们一定会拥有自由，我们一定能像海浪般自由，我们一定能像潮汐般快乐地在一起。"对面的心对潮汐说。

"与其立在这里相望万年，不如在你的肩上好好哭上一场。"

- 拾 -

再见悟空

男人与女人，在没有关系的时候，总想发生某种关系，但当某种关系发生后，又巴不得从来没有任何关系。

——《悟能日记》

　　海浪簇拥着猴子，将他轻轻托起。猴子舒展四肢，自由自在地浮在海面上，没有沉入海底。

　　对于自己的这种能力，猴子也觉得惊奇，他甚至忍不住将头浸入水中，在水中睁开双眼，想在碧蓝的海水中看透这一切。

　　浪花翻滚，刺激着他周身，猴子觉得非常放松，非常放松，缓缓地，他睡着了。

　　"我要去海的那一边，看看那里有什么，看看是谁在托潮汐向我转达无尽的心意。"

　　花果山，海边的巨石被这种想法煎熬着。自从他有了"心"以来，这个想法就缠绕着他，潮汐不断将海那一边、浪那一端心的跳动声传来，每一日都使得这渴望加深一分。

巨石知道自己体内的变化，这变化还在进行中，他还没有进化成最完善的形体，他必须等待，久久等待与忍耐之后，才是永恒的自由。

那一天，潮汐将自己的心声带去："我们一定会拥有自由，我们一定能像海浪般自由，我们一定能像潮汐般快乐地在一起。"也将对方的心声传来："与其立在这里相望万年，不如在你的肩上好好哭上一场。"

海和浪的彼端传来的心声让巨石再也无法忍耐与等待下去，即使形体的进化并未完成，他仍然突破了自己的束缚。

巨石迸裂，他跳了出来，但他还只是一只猴子，而不是人。

睡梦中，浪花将她们记载的记忆悄悄送入猴子身体。睡梦中，猴子可以在海的咆哮声里听见自己的心跳声。

"怦！怦！怦！"

猴子静静地听着自己的心跳，似乎有什么在阻碍着他的心脏跳动，但猴子仍努力听着。

隐约中，另一颗心的跳动声在猴子耳边响起。两颗心开始共鸣。

在这共鸣中，猴子的记忆完全苏醒。

七色的光芒自海中腾起，整个天空都被这瑰丽的色彩渲染得华丽无比，空气中的精灵为这异彩而齐声歌唱，歌唱形成的波涛传向九霄云外。

猴子缓缓睁开眼，闪闪的金光自他的眼中射出，他仿佛是初次见到这世界，好奇地打量着，让自己能更清楚地看透这个世界。海浪开始在他身下凝聚。在他身体发出的七色光芒的辉映下，一团巨大的浪花在空中绽开，将他高高托起。

"怦！怦！怦！"

潮汐可以感受到自己心脏的跳动，这种跳动已经很久没有了，最后一次这样的跳动，应该是在六百年前。

另一颗心在远方，用着同样的频率在跳动，时间与空间，力与能，神仙妖佛，都无法阻隔这两颗心的共振。

这个世界上，有什么能阻止两颗相爱的心？

激动的心情瞬间将潮汐开始的失望一扫而光，那个人，那个在八戒与沙僧口中已经死去了的人，他的心与自己的心，在一同跳动。

只要他活着，就算他是只猴子，那又怎么样？只要能和他在一起，就算他是只猴子，那又怎么样？

斩妖台。

血与汗水浸透了破烂的莲花战袍，哪吒惨然地望着自己抱着诛妖剑的父亲走上台。

李靖怒视着这个儿子，他要哪吒死得明白、死得服气。

"你这畜生，差点连累了全家！"

哪吒脸上抽搐了一下："是连累全家还是连累了您？"

李靖忽然不敢直视这个濒死的儿子，虽然满是血污的他射出的目光并不严厉，但李靖觉得，自己的心在儿子的目光下无处可藏。

"天命如此！"李靖无法多言，只能说这四个字。

他的声音如此微弱，几乎只能用来说服自己。

诛妖剑阴冷的光芒闪过。

哪吒与身躯分开的头颅忽然睁大了双眼，炯炯盯着天边的一角泛起的七色光芒。

"天命如此吗？"他将这最后一声永远掷给了李靖。

李靖惊恐地望着天际泛起的七色光芒。

"那是什么？"

玉帝的脸又变得苍白而无血色，这个问题，其实他不需要答案。

"是妖猴的妖气。"

千里眼牙齿在打战，这种充沛于天地的自由自在的光芒，让他回忆起当年的事情，他原本以为，当年之事，将永远变成记忆而不会重现。

剧烈的冲击让如来几乎无法在莲座上端坐。

这种心灵上的震荡，除了他自己，别人无法体会。一直注视着他的观音却可以感觉到他的痛苦。

"这怎么可能，他怎么可能挣脱我在他心中设下的禁制？"

复杂的情感浮上了他的心头,自出生时指天画地"天上天下,唯我独尊"以来,他第一次感到,自己也无能为力。

观音也从未见过他如此复杂的神色,也从未感觉到他如此混乱的思维之波。

"四天王。"如来雄浑的声音在大殿中响起。

浪尖上的孙悟空傲然挺立。天与地,日与月,星与辰,光与影,一切仿佛都为他欢呼,世间一切都在为这自由无拘的孙悟空而歌唱。

"筋斗云!"

浪尖的水汽蒸腾而起,凝结成一朵雪白的云彩,孙悟空翻上筋斗云,随着他心念的流转,筋斗云以无可比拟的速度,飞向花果山。

"我孙悟空,又回来了!"

　　天地间充塞着的都是他的狂啸，孙悟空雷霆般的声音震撼着一切，所有的东西都咯吱作响，仿佛承受不了这狂啸声中的力量。

　　花果山便在脚下。

　　孙悟空痴痴地盯着这个地方，这个自己作为一只猴子生存过、挣扎过、成功过也失败过的地方，亲切而又陌生，他恨不得将花果山的一切都收入脑海之中，同记忆中的往事一一对应。

　　但他还有更重要的事情要去做。

　　筋斗云越过当年那块巨石耸立的悬崖，向着海的那一边飞去。

　　海的那一边，那颗跳动的心，为什么会让自己感到如此亲切与温暖，为何会让自己周身充满着力量？

　　恨，可以让人活下去；爱，则让人更有力量。

✄

　　八戒与沙僧的心也在激动地跳着。

　　那股熟悉的气息又在远方出现，即使相隔万里，他们也能感觉到。这种自由自在、无拘无束的气息，这种力量，是天与地之间万事万物生生不息的力量。

　　眼前这个叫潮汐的女子，同大师兄一样，也有这种力量。

　　可现在她的脸色为什么会如此复杂？

　　不仅仅是激动，也不仅仅是渴望，不仅仅是担忧，也不仅仅是畏惧……而是千万种情绪的微妙结合。

　　八戒的心瞬间回到了当年，月宫中嫦娥的目光，不也是这般复杂微妙吗？

　　蓝色的光闪起，潮汐的身影开始幻化。八戒与沙僧也驾起了云。

"见他，还是躲着他？"

两种完全不同的力，使得潮汐心中分外痛苦，但这是一种幸福的痛苦。

痴痴立着望了千万年，痴痴等着想了千万年，痴痴在梦里寻了千万年，当所有的结果就要摆在面前时，心为何却跳得这样猛烈？

为何有个声音在劝自己不要去见这一面？难道这一生这一世，为的不就是这一刻吗？

光影逐渐散去，流光在最短时间里将潮汐带到了海边。

熟悉而亲切的海浪声仍在不停地传递着信息。悟空的心跳得更加剧烈起来。那颗一直站在海对面，一直跳动着的心，那颗说"与其立在这里相望万年，不如在你的肩上好好哭上一场"的心，会属于一个什么样的人呢？

悟空不敢继续往下想，自嘲的微笑浮上了他的面庞。原来这世界上，还有连他都不敢想的东西存在。

海岸近了，他热切地将目光投向岸崖，那里，只有一块碎裂的巨石。

落在碎石之中，悟空默然环视周围的碎石，他迟疑地伸出右手，轻轻抚摸着一块碎石。碎石在阳光下，温暖而润滑。

悟空长长叹息，不知是失望还是庆幸，除了碎石，他什么也没有看到。

他回头。

两颗心从来没有在如此近的距离跳动。

"怦！怦！怦！"

潮汐看着眼前这个人。

他果然是只猴子。虽然与一般的猴子比，他的身形更高大，他的毛发更光洁，他的神态更自若，他的眼神更有力，但无论如何，谁也无法否认，他真的是一只猴子。潮汐剧烈跳动的心中涌起了巨浪。

"这是天命吗……我们违抗天命，天命便在我们心中划出裂缝？"

悟空看着眼前的这个人。

她竟然是个人。她美丽，她泛着蓝光的长发在海风中飞舞，她深蓝色的目光像天空般纯净，复杂而微妙的神态让她显得略略有些惶惑，这惶惑又使得她令人怜惜。

强烈的失落感从悟空心底深处涌出。

"她是一个人……而我，是一只猴子。"

忽然间，两人觉得，两颗心的距离从来没有这么远。

- 拾壹 -

误 解

再稳定而坚实的联系，在误解面前都脆弱得不堪一击。

——《悟能日记》

二十八宿降落在花果山上。

方才天上的异象也让他们心惊肉跳，曾经历过六百年前那件事的神仙，都知道那意味着什么。

两种恐惧在他们心中交织——冒着与恢复如初的孙悟空正面交战的危险去花果山，或者是回去被玉帝处罚，他们必须做出选择。

他们不约而同地选择了去花果山，这与其说是他们畏惧玉帝的天命，还不如说他们更相信孙悟空：那个猴子是讲理的，只要能说明自己的苦衷，最多是受两下皮肉之苦，而不会有生命危险。

天命则不会讲理。

二十八宿这时已经将自己在青云洞中痛揍猴子的事情忘了。

生命总是如此，记忆力的趋利性选择，使我们忘记对自己不利的事情，而只记得有利于自己的事情。

花果山上没有孙悟空的气息，这让二十八宿多少松了口气。玉帝给他们的旨意是扫荡花果山，而不是去找孙悟空打架，在天宫这么长时间，这种挑字眼的功夫他们早就练到家了。

"必须在猴子回来之前，将这里扫荡干净。"二十八宿在内心深处达成了史无前例的一致。

于是，雷与火，风与烟，一瞬间便将花果山吞没。

悟空垂下目光，不再望着潮汐。

如果以人类的眼光来看，潮汐并不是绝色的女子，她暗蓝色的长发更令她显得有些奇异。但悟空固执地认为："她不但是个人，而且是个美丽的女子，而我，是一只猴子。"

　　潮汐看着冷冷地站着不出声的悟空，心想，千万年来在心底无数次设想自由后的第一次见面终于成真，他却是如此冷漠，难道他不懂得自己一直在等他，无论他是人还是猴子吗？

　　"天命如此……我们本该按照天意老老实实站在海边相互遥望，但我们却想与天命对抗，结果虽然我们得到了自由，但天命却让我们的心不能在一起……"混乱如麻的思绪在潮汐心中翻腾，她禁不住轻轻叹了口气。

　　潮汐只是轻轻地叹了口气，但这叹息声如铁锤般重击着悟空的心。

　　青云洞中盲女看护他的经历在他心中浮起，盲女知道他是妖精，却没有把他当作妖精，而这个等待了自己千万年的人，却用一声叹息对待他。

　　悟空仰起头狂笑起来，泪水在他眼中转了几圈，终于没有落下来。

　　潮汐皱着眉看着他放肆地笑着，笑声刺耳。

良久，孙悟空的笑声仍未停止。

潮汐打断了他的笑："我……是潮汐。"

孙悟空没有看她，将目光投入海中："我是孙悟空。"

期待了千万年的见面，平淡如水。

远处，八戒与沙僧惊愕地看着这一幕。半晌，八戒来到水边，看着水中自己的影子。

一只猪的影子。

冰冷的感觉将八戒再见悟空的激动一扫而空，八戒仰望长空，发出沉沉的长叹，那个他一直在回避却总缠绕在心底深处的疑问一下子有了答案。

"即使……我战胜了天命，嫦娥还会对一只猪有感情吗？"

闪闪的红光映射在他的脸上——苍白而疲倦。

沙僧将目光从他的脸上移向红光的来源，海的那一边，火焰的光芒将半边天空染红。

广目的心情分外沉重。

没有人比他更明白孙悟空未死的原因，青云洞里孙悟空最后望着自己那种绝望的茫然，现在一定被刻骨铭心的仇恨所代替。

谁能在恢复了力量的孙悟空仇恨之火下全身而退？

"汝等前去助二十八宿扫荡妖猴，我自有安排。"看出了广目的迟疑，如来温和一笑，广目却从他的笑意里看到了一丝令他害怕的神色。

广目垂首，"天命……在天命前我又能如何？"他将心里的那一丝迟疑掩蔽得更深。

四天王之首持国天王回视了广目一眼，响亮地应了声"是"，面色依旧平静。

四天王离去后，观音合十："我佛法力无边大慈大悲……"

"这就是天命的威力，为了迎合天命，每一个仙佛都必须尽己所能……即使是猴子，也不可能战胜天命，逆天命行事只能让他加速灭亡。"如来一如往昔微笑着听完她长达三炷香的祝词，心却完全游于物外。

"……为了尽快将妖猴消灭，"观音总算转回正题，"弟子愿领木吒前去助战。"

如来的目光变得深邃："不必了，我自有安排。"

"我的安排万无一失，因为我就是天命……"如来心底转过这样的念头，但随即便掠过一丝阴影。

"在猴子心中设下的禁制，原本也该万无一失……"

世界上真有万无一失的安排吗?

孙悟空狂呼:"筋斗云!"

通红的天际让他从冷淡的僵持中回过神来,他知道烈火在哪里燃烧。

花果山,他的脑海中只有这个念头。

花果山,那个他刚才经过,阔别百年还没有仔细探望的故乡。

花果山,那个自从他诞生,历经神仙妖魔多少次扫荡却仍旧不弃他、不舍他,不因为他是妖精而歧视他,也不因他是斗战胜佛而逢迎他的故乡。

自己给花果山带来过多少次灾难?山中的孩儿们又被自己连累了多少次?这百年来,他们是否还在等待那个与他们狂笑、与他们戏谑、与他们玩耍、与他们自由自在无拘无束一起生活的"大王"？

当他看到已成焦土的花果山时，方才在眼眶中打转的泪水，终于流了下来。

现在还不是流泪痛哭的时候。

水帘洞……水帘洞……那是唯一的希望。

他飞快地奔向水帘洞，却又害怕走进水帘洞，事实和真相是世界上最可怕的东西。没有见着的时候，人还能保有希望，一旦见着了，就什么也没有了。

水帘洞在前，他却无法感受到生命的气息，一瞬间他感到异常虚弱，那种即使失去力量被困于青云洞之时，也没有过的虚弱感，吞没了他的心。

他回首，八戒与沙僧远远跟着他。

"她竟然没有来……她竟然没有来……我走得这样急，难道她不明白这对我多重要吗？"比虚弱更冰冷的气流涌起。

"他竟然什么都没说……他竟然什么都没有说……他就这样跑
了，难道他不明白我一直在等着他说'跟我来'吗，难道他不知道只
要他这样说一声，我就会永远永远跟着他，不管他是人是神是妖
是猴？难道他不但外表是只猴子，连那颗心也是颗猴子的心？"

潮汐咬紧牙齿，压制着自己跟随着八戒与沙僧冲过去的冲动。

海风忽然猛烈起来，卷起她的长发，也卷走了她的心。

"没有活的。"

水帘洞外八戒扫视周围，愤怒也从他的心底涌起，连一棵草
都没有留下，这样的手段也是"天命"？

"上天有好生之德？"

沙僧苦笑，眼前的一切令他想起这样的一句话。

自由自在地活在天地之间，原来是这么难。连像一棵树、一根草那样无知无觉、顺应天命地活着，也是这么难。

"思考是一件痛苦的事情，但思考是唯一不被天命支配的选择。只有思考，才能证明你是自由的。"

八戒缓缓说着，这是对沙僧的回答。

悟空穿过水帘，动作比六百年前初次穿过时要轻松自如，心却比六百年前沉重万倍。

他知道迎接他的将是一个怎样的场面，但他仍强迫自己进去。

无数各类动物血肉模糊地摊在地上，像一地乱草。

他大步来到内洞正中，那里，几个猴类的尸体扑倒在一张大石桌下，双手仍紧紧抱着石桌的一脚。悟空恍惚中似乎看到他们临死前在自己的石桌前，带着哭泣与痛苦，向着自己——这个他们甚至根本没有见过的"大王"哀告和诅咒。

洞壁已经被火焰与鲜血染红，空气中弥漫着血肉被烧焦的油脂味。

悟空的思绪瞬间回到了青云洞，自己吃了盲女——那个暗夜里给自己阳光的女子。

那种冰冷与抽搐的感觉，使得悟空张大嘴。

悟空用尽全身力气长啸，却没有发出一丝声音。除了"哔剥"的火声，他只听见自己的心在狂野地跳着。

"杀！"

无声的狂啸变成响彻云霄的呐喊，悟空以前所未有的速度，从水帘洞中冲出。

他无须思考过多，便知道该去哪里。

于是八戒与沙僧看着他腾空而起。

⟡

奎星 [9] 轻轻打了个冷战，一丝寒意自心底升起。

斗星 [10] 看到他若有所思的神态，问："怎么了？"

奎星摇了摇头："不知道，我觉得有哪里不对劲。"

斗星笑着说："一切都如天命，顺利得很，没有什么不对劲的
地方，你可别多心了。"

奎星眼中闪过一丝嘲意，"一切都如天命吗？"他想，"要是如此，
猴子根本就不应该产生。我也不应该如此……"

玉帝微闭着双眼听着众神相互的指责，他已经习惯了这一切，

---

[9] 奎星：指二十八宿之一的奎木狼，西方白虎宫的七宿之首，传说是主
宰天下文运的大吉星，又称魁星。
[10] 斗星：指二十八宿之一的斗木獬，北方朱雀宫的七宿之首，传说是
主大凶的凶星。

让他们相互指责与牵制，这是天命。

　　他没有看到，奎星站在班列中偷偷将目光投向大殿的一角。他也没有看到，披香殿的玉女侍香站在那里，偷偷地望着奎星。

　　目光在两人间相互纠缠了多少年?

　　奎星向来十分厌恶在披香殿召开的朝会，每个月一次的披香殿朝会，不过是诸位神仙发泄私人不满或者说些冠冕堂皇的话的场所。

　　直到那一天，大殿角落里的目光将他的世界照得明亮起来。

　　侍香没有太多的表情——也不敢有太多的表情，她甚至不敢长时间地盯着他，但奎星可以从那匆匆却恋恋不舍的一瞥中看到无数温柔与渴望。

　　于是原本枯燥的朝会在他的眼里也变得生机勃勃起来，奎星甚至渴望朝会，他希望最好每天都有朝会在披香殿举行。

但披香殿朝会仍旧是一月一次，任他如何渴望，天命不可更改。

一个月牵肠挂肚，一个月魂牵梦绕，一个月寝食难安，为的就是在披香殿里看到那若有若无的目光。

他也可以从每次朝会开始时侍香眼神中的渴望与结束时的难舍看出侍香的心意。

他只能把两人目光相遇时的甜蜜与夜夜相思的苦涩藏在心底，连同列的其他星宿他也不敢透露。

因为天命，他无法抗拒；因为天命，他无法表白；因为天命，他只能沉默。

这样的日子还会持续多久，这样的日子他还能忍多久，他不敢想象。从每一次披香殿朝会结束时侍香绝望与失望的眼神中，他知道，这样的日子不会持续很久。

"既然天意让我爱上了她，为什么天意不让我和她在一起？"

　　他知道，经历了漫长的等待与忍耐，终有一天会逼得他们不得不做出选择。

- 拾贰 -

重复

蜜蜂在不断重复着自己的行为，我们很容易在蜂箱前看出这一点。

可是如果跳出个体来看人的生活，我们会发现，

我们与蜜蜂一样，不断重复着自己。

——《悟能日记》

潮汐仰面向天，任泪水在脸上流淌。

悟空在的时候，无论如何她也不肯流下眼泪，悟空消失在她的视线当中之后，她却再也无法控制住泪水。

"为什么他如此不解风情，难道他已经将千万年等待中的无数誓约忘记？"潮汐默默感受着悟空的气息突然间向高空中升去，心中一片混乱，不知该如何是好。

千万年的相思愁绪，将全部化成泪水，要为那个不肯回头的人流尽。

为什么要为他流泪？

明明在心里一千遍一万遍地提醒自己，为他流泪不值得，可是不争气的泪水却仍旧如泉，难道这是在多年的等待中自己欠了他的吗？

　　爱情总是没有任何理由的，对于人是如此，对于妖与仙，也是如此。

　　爱情双方总是一次又一次地出现已经重复过无数次的错误。

　　玉帝不动声色，高高在上。

　　他不习惯面带微笑，因为那样显不出他天命的身份。

　　"是不是居于人上者都喜欢板着脸做出威严状，其实大家都知道他的头上在谢顶，他的臀部裤子破了一个口子？"八戒曾这样问过自己。

　　玉帝心里带着冷冷笑意。不知从何时起，单调的披香殿朝会让他发现了一个有趣的东西——奎星的目光。

这个最不耐烦的奎星是从什么时候开始，在披香殿朝会时表现得这么兴奋呢？他竟然直到现在才发现，不过，现在发现也不晚，一切，都还在自己掌握之中。

侍香！奎星的目光投向的是侍香，原来如此啊！这个小子胆敢戏弄朕的侍女——不过这个小子的品位倒还不错，侍香确实值得他如此注意，她长得倒有几分像月宫里的那个女子。

冷冷酸酸的涩意缓缓升起，那个嫦娥，竟然会拒绝自己，玉帝得不到的，别人怎能得到？

侍香决然地看着奎星，今天必须为自己为他做出选择。是继续当这个长生不死的神仙侍女，还是为了片刻的光与热而殒身不惜。

玉帝眼角的余光轻轻扫过她的面庞，从她的脸色中可以看出，她的内心正在激烈地交战。

"砰！"

　　侍香手中的香炉落在地上，在大殿里一片枯燥乏味的指责声中，分外引人注意。

　　众神晕花的眼睛突然瞪大，盯着这个竟敢在庄严的大殿中制造不和谐之音的罪人，那目光仿佛是一大群饥饿已久的秃鹰见到了腐肉。这样的事情，并不常发生，但每次发生，都会让道貌岸然的神仙们兴奋不已。玉帝将会给这个可恶的侍女什么样的惩罚，这种惩罚将会让他们长久地谈论下去，直到下一个倒霉的家伙出现，神仙们的谈论便又可以重复下去。

　　奎星的脸色变得惨白。上一次王母的卷帘大将因弄坏了瓶子而被折磨的景象瞬间浮现在他的心中。

　　侍香的面色却异常平静，甚至有一丝欣喜，这样在期盼与担心中重复的日子，终于要结束了。

　　"我终于做到了，我终于能抛开这些了……"她用她的目光，将她的心意，绵绵不绝地传给奎星。

　　奎星终于明白她的计划，她要放弃这神仙的身份，她要去有生老病死的人间，她要去经历求不得、爱别离的滔滔浊世，她要去面对怨憎会、五阴盛[11]的轮回。

她要自己，她要奎星，不是每个月一次的目光接触，不是夜夜梦回的枕畔余香，而是实实在在、完完整整的奎星。

众神的目光都移到玉帝脸上，都在等待他的裁决。玉帝却如什么都未发生般："诸位为何不议事了？"

众神目光中的兴奋更加明显，玉帝越不把这当回事，那就证明他越把这当一回事，一定会有好戏看的。

侍香平生第一次抬起头来，直视玉帝："婢子失手摔坏香炉，还请玉帝降罪。"

嘲意在玉帝心头凝聚，和蔼的笑容浮现在他面前："这算什么大错，为何要降罪？朕恕你无罪，你就安心下去吧。今后你去瑶池处，就不用来披香殿了。"

---

[11] 求不得、爱别离、怨憎会、五阴盛：佛教认为人生有八苦，分别是生、老、病、死、怨憎会、爱别离、五阴盛、求不得。前四者是指肉体上的痛苦，后四者则是精神上的痛苦。

众神都大为失望，玉帝今日心情很好，看来是真的不想追究了。

于是有人愤愤不平起来，许旌阳道："披香殿玉女侍香摔坏香炉，按律当重责二百棍，贬下人间，请陛下定夺。"

侍香跪下："请陛下依律治婢子之罪。"

玉帝轻轻瞄过满是不忍的奎星一眼："既是如此，贬下人间就是了，念她是个女子，二百棍就免了。"

众神几乎都为玉帝的仁慈所惊，只有奎星从玉帝刚才看他的那一眼中看出了更多的东西。

"忘情丹。"

玉帝轻声提到这个能让人忘掉所有感情的灵丹，侍香与奎星心中如同被雷击过。

玉帝的心中升起残忍的快感，看到这两人方才夙愿得遂的神色忽然变为绝望，这令他兴奋。

"我得不到嫦娥的心，你们也别想得到对方的心，我的痛苦也要在你们身上重复。你们下了凡间，也就会忘了自己的爱，这比其他任何惩罚都有效。"

于是，奎星永远也无法忘记，侍香咽下忘情丹前的最后一缕目光。

不是凄凉的，不是绝望的，而是要用目光将全部的爱意一次传给他。

筋斗云托着孙悟空以前所未有的速度飞行。

孙悟空心中久久萦绕不去的只有花果山的惨状，他唯一的选择只能是让那些造成这一切的人也承受这一切。

筋斗云势不可当地冲散了二十八宿，二十八宿都用惊恐绝望的眼光看着孙悟空。

怒火仿佛有形一样将他们烧着，令他们感到痛苦。

"大圣……大圣……你听我解释……"井星^[12]喃喃欲语。

"不必多说！"孙悟空厉声打断了他，"你们以为还有解释的必要么？"

看着二十八宿慌忙组成阵势，孙悟空发出尖锐的呼啸。

井星面色已经惨白如鬼："大圣，你总要讲些理才好。我们是上命所差，不得不行……"

"上命？"孙悟空停止了啸声。

"什么上命，那个装腔作势的玉帝的命令？还是你们私心的命令？我讲理，我讲理！我讲的理就是你们得为自己的行为付出代价。"

"不必多说了，奉佛祖之命，我们前来助二十八宿捉拿妖猴。"

_____

[12]　井星：指井木犴，二十八宿之一，南方朱雀第一宿。

持国天王的身影与声音同时出现。

广目悄悄躲在后面，他不敢正视孙悟空，他知道孙悟空将会用什么样的眼光盯着自己。

但令他更为不安的是，孙悟空根本没有看他。

小人物总是以为自己十分重要，却不知道一只跳蚤再如何用力，也不可能撼动大地。

孙悟空轻蔑的无视使得广目心中又愤愤不平起来，他又移到一个比较显眼的位置，大声道："妖猴，还不束手就擒！"

孙悟空没有理会他，广目可以感觉到二十八宿用一种怜悯的眼光看着自己，他无法忍受这种被人忽视的屈辱："妖猴，你的金箍棒还在东海，你没有棒耍还能怎么样？"

没有金箍棒的孙悟空还算是孙悟空吗？

孙悟空终于将脸转向广目，狰狞地笑了笑："广目，你的眼睛

或许可以看很远，你的心却只能看到一寸的距离，因为你的愚蠢，
我要说声谢谢你。"

孙悟空的金箍棒不在身上！二十八宿悄悄松了口气。取经以
后孙悟空的金箍棒就交给了佛祖，谁也不知放在哪儿，没有金箍
棒的孙悟空，可怕的程度至少要减一半。

广目却吸了口凉气，为图一时嘴快，他将佛祖的秘密泄露出来。
为什么每次面对这猴子，自己就会有这种冲动？

持国面沉如铁，轻轻拨动琵琶，"铮铮"的激昂之声笼罩了天空。

"看来来得正好。"八戒看了看有些迟疑的沙僧，"一切有了开
头便会有结束，我们开了这个头，就必须有个符合这个开头的结束。"

沙僧没有作声，握紧了禅杖。无论是在天宫还是西天，他都
不算是高级别的神。这些人的身份与实力都远在他之上，面对众
多的对手，还有大量天兵天将，他仍有些紧张。

八戒向东方天际深深一瞥，那里一弯残月缓缓升起。

"看吧，无论你会不会把感情给一只猪，但我的感情全部属于你。"

八戒举起钉耙，他肥大臃肿的身躯冲向二十八宿。在他身后，是沙僧。

离孙悟空最近的房星房日兔[13]惊愕地看到，自己的兵器在孙悟空身上如同没有任何作用般弹开，接着胸口一紧，自己便落入孙悟空手中。

左手提着不断挣扎的房日兔，孙悟空的眼神在离他比较近的几个星宿身上打转，每一个星宿都狂舞着兵器做明知无效的挣扎。

娄金狗[14]看着孙悟空右手向自己胸口抓来，却无法躲开，二十八宿的阵势，早已因房日兔的失手瓦解，娄金狗只觉心中一刺，孙悟空便揪住了他的战甲，把他提了起来，但只是嘟哝声:"你太重，要减肥。"便又把他扔了出去。

---

[13]　房星房日兔：二十八宿之一，东方青龙第四宿。
[14]　娄金狗：二十八宿之一，西方白虎第二宿。

　　持国的魔音更急，但无法对孙悟空产生影响，孙悟空再次伸出右手，揪住了腾空欲起的毕月乌[15]的脚脖子，掂了掂道："正好左右一般重。"

　　望着眼里尽是恐怖之色的对手，孙悟空大笑："不过是群土鸡瓦狗罢了，这么多年，你们还是没有长进。"

　　两个星宿在他手中拼命挣扎，却无法摆脱成为孙悟空兵刃的下场，孙悟空挥舞着两个星宿，用他们砸向其余星宿，其余星宿无法避开，只能用兵刃来挡，一开始时房日兔与毕月乌还可以哀求同伴不要使用兵器，但片刻之后，他们便无法作声了。

　　天兵天将无法挡住一个力量超过大闹天宫时的孙悟空和义无反顾的猪八戒、下定决心的沙僧，溃散几乎是片刻间的事情。

　　孙悟空看着如避死神般远离自己的星宿与远远高声呐喊而不敢上前的四大天王，将手中房日兔与毕月乌扔掉，哈哈大笑。

――――――――――

[15]　毕月乌：二十八宿之一，西方白虎第五宿。

"没有金箍棒，我仍旧是孙悟空！"他想。但心中无论如何也高兴不起来。

为什么自己的力量越强，却越觉得没有意思？为什么心里总是觉得少了些什么？是因为没有感觉到那心跳吗？是因为自己拥有再强大的力量，也不可能改变事实吗？

自己是猴子，而她是人。

持国敏锐地发现了孙悟空心中的变化，琵琶声渐变。

在急风暴雨的琵琶声中，孙悟空的神色逐渐呆滞起来，他在这紧凑的音乐之中，听到了无边的空虚与无奈。

"我怎么了？"他用力摇了摇头。

驱散天兵的八戒忽然感到一种强大而隐秘的力量在一瞬间扩张开来。

他与沙僧惊愕地回头，看到多闻天王在孙悟空上方忽然伸出了手，一瞬间那手化作了一座巨大的山脉，向孙悟空当空压了下来。

"如来……"两人心中同时出现了这个名字。

六百年前，孙悟空便是被这样一只手收服的。六百年后，这样一只手又将孙悟空压住了。

历史，是不是总在重复着？

蓝光一闪。

- 拾叁 -

容纳

嫉妒实在是一种奇妙的心理，与其说是不能容忍别人超过自己，还不如说是不能容忍自己不如别人，可是，如果连你自己都无法容纳自己，那么别人又怎么能容纳你？

——《悟能日记》

蓝光一闪。

仿佛是九霄云外伸出的蓝色丝带，在如来五指化成的巨大山脉之下卷住孙悟空的腰，将他从五指的森森气势中拉出。

多闻天王身上那种宏大的力量一瞬间消失无踪。

潮汐双目微红，一眨不眨地盯着手中带子卷起的孙悟空，孙悟空惊愕地望着仍不肯松开带子的潮汐。

"我已经失去过一次，"潮汐神色平静，"所以我不想再失去一次。"

孙悟空的脸上一瞬间有了光泽，但很快就黯淡下去。

他看着腰间的蓝带。

"这世上有太多的拴人的东西，狗被绳子拴着，马被笼头拴着，人被命运拴着，我，要被这带子拴着吗？"

"你是想像拴着一只宠物一样拴着我，还是想拴着我去演猴戏？"孙悟空呢喃着。

几乎难以相信自己的耳朵，潮汐无力地松开了长带。她试图说些什么，但她的骄傲让她什么也无法说出。

"相爱，就是互相伤害？"八戒的脸上露出苦涩的笑容。在潮汐对悟空说话的那一刹那，他几乎想立刻去月宫问问嫦娥是否也曾有过这种念头，但悟空冷冷的一句话，如冰水淋头。

"他是猴子，这是事实；我是猪，这也是事实……"

冷眼看着天兵天将狼狈逃走的沙僧仰天长吁了口气。

"二师兄，我终于做到了，"低沉的声音与他轻快的心情恰恰相反，"我也可以按照自己的意愿去活着，再也没有谁能够约束我。"

八戒盯着天际的弯月,心中忽然觉得异常困惑,自从看透天命之后,他从未有过如此的困惑。就连胆敢挑战天命的潮汐与悟空,都无法弥合天命造成的差距,那个屈服于天命的嫦娥,是否能够接受这个事实?

❧

"那个女子……"如来的脸色,第一次变得如此苍白。

这不仅是因为寄灵于多闻体内发出了倾力一击,更是因为那个从他的手中将孙悟空拉走的女子。

"为什么我们全不知道她的存在,为什么她能将孙悟空从我掌中救走?"与这个突然出现的女子相比,猪八戒那惊人的气势与力量反而成了次要的事。

"观音尊者,"他阻住观音即将开始的祝词,现在不是听这个的时候,"去查一下那个女子的来历。"

低沉的梵唱又重新回响起来,如来的脸色逐渐恢复正常,他的身心完全融入时间之流，进入寂静之中。

"诸行无常……"旃檀功德佛心中发出感慨。

大海是广阔无垠的，即使是火眼金睛的孙悟空望去，也无法看到海的尽头。

八戒与悟空迎着海风向东方望去，方才在空中看到的弯月，此时才在海面上缓缓升起。

"海真大。"八戒轻轻叹息着，月亮和星星好像是从海里出来的一样，太阳也是如此。

"海真大。"悟空也轻轻地叹息，偷偷看了眼远处。

潮汐的蓝发迎风乱舞，悟空又垂首看了看自己在海中的影子，月光下，海水的波动虽然让他的影子变得扭曲，但仍旧是只猴子的影子。

"跟海相比，世间任何事物都只是一个小点，但我们知道，天比海还要大。"

八戒的目光转到天海交接处，月亮在那里升起。

"天比海还要大。"孙悟空轻轻地重复着，又忍不住去瞟了潮汐一眼，当他发现潮汐正要将脸转过来，他又赶紧板起脸低下头。

"但是，有时候我在空中时，会觉得自己能将整个天空和海洋都纳入胸中，我真的有这种奇怪的想法。"

"我有这种奇怪的想法。"孙悟空依旧重复了一句……

八戒没有看他，他也不过是在自言自语："能将天空与海洋揽入怀中又有什么用？我依旧是只猪。"

孙悟空仍然重复："我依旧是只猪……"

八戒不满地瞪了他一眼："别跟我学，你这只死猴子。"

孙悟空终于醒悟过来，苦苦笑了一下："是，我是只死猴子。"

沙僧坐在礁石上，将脚伸入海水中拍打着海水，海水轻柔地抚摸着他的脚，丝丝的凉意传入他的身体，他缓缓闭上眼。

"对于我来说，不管你们是猪还是猴子，"他反复思量着道，"都是我的师兄。"

八戒与悟空同时望着他，师兄弟三个中，只有他是人。即使外表看来他更像个妖怪，但他是个人，仅这一点，就足以让八戒与悟空嫉妒。

"你们的心胸能容下海洋，能容下天空，却容不下自己。"沙僧言语如剑。

玉帝平和地看着残存的十余个星宿。

即使心中痛骂无数遍"无能之辈"，他也明白，这些人根本不是孙悟空的对手。就连如来寄于多闻体内发出一掌，也徒劳无功，怎么能怪二十八星宿。

于是他脸上露出难得的笑容："这一切都是天命。诸位辛苦了，此战失利不能怪你们，赶快下去休息吧。"

对于战败者进行适当的鼓励，这才是兵法，也是权谋之道。

奎星压抑住心中的怒火，跟随着众人退出了灵霄宝殿。

"如果以为自己懂的别人不懂，那么这个世界上的聪明人未免太多了。"大逆不道的念头在脑海中闪过，"天命……我已经受够了。"

❦

"如果你们都无法接纳自己是猪或者是猴，那么你们怎能希望别人接纳你？"沙僧依旧没有睁开双眼，他将目光投向自己内心深处，缓缓地道，"最能让人困惑的，其实是人自己的心。"

悟空几乎用一种全新的目光看着沙僧。

当局者迷，旁观者清。

悟空忽然跳了起来，大步走向潮汐。

沙僧睁开眼，八戒的目光凝聚在那轮弯月上。

"月中的人儿，是否也听见了沙僧的话？"八戒长长吸了口气，一只苹果出现在他的手中，他的目光没有离开月亮，苹果缓缓送到嘴边，细细咀嚼。

发生在我们身上的有些事实，无论我们如何困惑，都是无法改变的。既然如此，那么就接受它，如果你自己都不能接纳自己，那别人又如何接纳自己？

远处，孙悟空与潮汐见面后，第一次如此对视。

"给我时间，我会接受我是一只猴子这个事实。"没有道歉与誓词，孙悟空平平淡淡地说着，月光下他的眼睛亮得晃眼。

潮汐忽然又有了哭的冲动。这才是那个在海的彼岸、浪的那端向自己传递无数等待与期望的心……

她用力地点了点头，没有控制泪水，而是让泪水尽情地流淌。在心爱的人面前流泪，这也是一种错误吗？

孙悟空伸出毛茸茸的手，想为她拭去泪水，动作到了一半停滞了一会儿，终于落在了她的脸上。

"我是猴子至少有这样一个好处，为她擦拭眼泪时不用手绢。"

海底。

阳光无法照射之处，金碧辉煌的水晶宫闪着光芒。

龙宫的大门敞开着，里面依旧灯红酒绿，水族们对海面发生的一切似乎一无所知。

孙悟空怀着多少轻松了些的心情，走进了水晶宫。

一路上的水族精灵们没有任何阻拦，仿佛没有见到他一样，各自寻着乐子。

东海龙王敖广只是向排开歌舞的水族走来的孙悟空举了举酒杯，便仍欣赏着歌舞。

"你倒过得快活啊。"孙悟空发出由衷的感慨，这条龙似乎什么时候都在享受，永远没有困惑。

"如果不思考的话，你也可以过得很快活。"老龙王将酒一饮而尽，"一切烦恼困惑，都是由心产生，让你的心休息休息，这样你便不会痛苦。"

孙悟空摇了摇头，将老龙王言语中的诱惑远远甩开，好不容易找到自己，怎么能轻易又失去。"我的金箍棒。"孙悟空直奔正题。

"在老地方，自己去拿。"敖广并没有再劝说，他老迈的沉睡已久的心中，有一个低低的声音在呐喊："随他去吧，天命也好，还是其他什么也好，都不如你现在拥有的一切，保护好现在你的一切才是最重要的。"

孙悟空欲走，敖广将混浊的目光投向他："出来的时候，别忘了打破点东西，对了，看哪个虾兵蟹将不顺眼就顺手打一下，别打死就行。"

看着孙悟空惊讶的眼神，敖广露出一种暧昧的笑意："我得有些东西向玉帝和佛祖交待。"

恶心的感觉刹那间自孙悟空胃中翻涌而出。

这条老奸巨猾的龙！

同时，孙悟空下定决心，等会儿出来的时候，一定要顺手打一下这条老龙，别打死就行。

于是，金箍棒以出乎敖广以外所有人意料的轻松，回到了孙悟空的手中。

- 拾肆 -

地 府

该专门为傻瓜设定一个节日，这样，世界上所有的人就都有一个节日了。

——《悟能日记》

❧

地府，阴沉如昔。

牛头马面望着微笑着向自己走来的孙悟空，步步后退。

曾经连转世投胎都不成的孙悟空，曾经做了鬼魂也被自己痛揍的孙悟空，虽然他脸上的笑容很平和，但只要想起那一天自己对他说的话，牛头马面便无法压制心中的恐惧。

"大圣……大圣……听我解释……"

孙悟空对这种千篇一律的话没有丝毫兴趣。

"上命所差""军令难违""一时糊涂"等等只要想得到的借口，虽然明知道连自己都不能说服，却仍旧如救命稻草般抓着不放。

人鬼仙佛都是一样，总是在不断为自己寻找借口，也总是生活在无数个借口中。

"告诉我，那个盲女的下落，我要带她走。"

心已冰冷的牛头马面忽然觉得有了一丝希望。

"我们领您去见判官，他对盲女的下落最清楚，大圣请这边走。"

"即使死了，也得不到解脱。"

孙悟空默默回想当初死去的境遇，当冥府前暗红的血光将亡灵们引来时，他们也被剥夺了最后的希望。

然后他就看到判官惊恐的眼神。

"大圣……您怎么来了？"

判官一面向远远躲在一旁的牛头马面投去怨毒的眼神，一面又在孙悟空面前摆出谄媚的笑容，即使是孙悟空，也不得不佩服他能同时摆出两副面孔。

　　每个人都有两副面孔，我们总是在摆出一副的同时隐藏着另一副。

　　"我是不是也有？"

　　思考不能中止孙悟空做该做的事："盲女。"

　　判官吃惊地抬头："哪个盲女？"

　　孙悟空的声音有些急躁起来："还有哪个盲女？！"

　　与其说是突然想到，不如说是被孙悟空咄咄逼人的目光吓住，判官喃喃："是那个青云洞中的盲女？她已经不在这儿了。"

　　孙悟空冰冷的目光盯着正在流汗的判官："在哪？"

　　"她已经转世了，因为她在大圣危难中曾助过您一臂之力，所以她被转世到东土富贵人家……"判官飞快地说。

"原来如此。"孙悟空的目光逐渐缓和，"拿来。"

判官向一边挪了一步，莫名道："大圣要什么？"

一瞬间，孙悟空的目光又锋利如剑。

"生死簿。"

判官几乎整个人瘫倒在地上，他最担心的事情仍旧不可抗拒地来临了。

"天命……如此……"

奇怪的想法忽然从他脑海最深处翻腾出来，所有这些，是否都是天命？一个人天命的结束之后，是不是一切都会完结？

甚至，像他这样忠贞不贰维护天命者，当他的任务结束，也会被天命毫不留情地抛弃。

就像……就像……

就像那个盲女。

判官觉得自己非常冷静。

自成为地府判官以来，他从来没有这么冷静过，他甚至可以记起自己经手过的所有案件。

包括第一起案件中哪一个收受了多少好处，包括在十殿阎王每年三四次的生日里送的贺礼，包括上界神仙时不时来巡视时大型宴会中的每一道菜……

这便是天命……

判官一边对孙悟空笑着，一边摸索出一本生死簿。

于是，孙悟空像被点着的火苗一般跳了起来。

"魂飞魄散？！你们让她魂飞魄散！"

奎星俯瞰着云间露出的大地。

大地，静静横在薄霜般的月光里，千万年来默默无语，承受着世间一切悲欢离合，也负担着一切天命，同时又将自由的种子埋进自己身体。

地上的生活……像眼前的云雾般在他眼中掠过。侍香失去了所有的记忆，甚至失去了对他的爱。

每一次轮回转世中，他都能来到凡间找到她，但她却无论如何都不能接受他。于是，他只能从她憎恶的眼光中去寻找那令他刻骨铭心的记忆。

寻找的结果总是失望，失望的结果是新的寻找。

"天命……天命就可以让人放弃自由自在地爱吗？"

　　终于，这个推翻了他千万年来信念的想法从心湖的最深处悄然翻涌而出。

　　"没有什么可以阻止我，即使是天命也不能。"他被自己大胆的新想法所打动，他成了一个妖精——黄袍怪。

　　于是他得以同侍香一起生活了十八载，他有记忆以来最幸福的十八载。人世间的十八载，不过弹指一挥间……但这十八载，对于他便是永恒。

　　只有在梦中，他才会被天命惊醒，他知道，天命终究不会放过他。

　　那个将幸福从他手中夺走的人终于出现了。

　　"孙悟空。"

　　想到孙悟空，奎星就会发笑。

　　让那个违逆天命而生的猴子来执行天命，这实在是再好不过的安排。

让那个违逆天命而爱的侍香来帮助猴子执行天命，这实在是再好不过的惩罚。

他回到了天宫，玉帝很宽容，像对其他由高等级神仙变成的妖精一样宽容，也像对那些由神仙佛祖们的宠物变成的妖精一样宽容。

侍香仍留在人间，她将永远受那生老病死轮回之苦，即使如此，天命仍不会放过她。

这一世的侍香，或许是个又盲又聋的女子吧。

但这已经同奎星无关了，他早该知道，侍香的爱在那临别回眸时，便已经全部给了他，并且将陪他直到永远。而他自以为逃脱天命的十八年尘世生活，也不过是天命对他的捉弄。

"让你得到，再让你失去，你才会永远痛苦。"

他已经永远失去他的所爱了。

❦

所有阴森的鬼气、所有肃穆的氛围、所有真实或虚幻的庄严与正义，都在孙悟空的金箍棒下土崩瓦解。

"没有谁能审判她，没有谁有权让她魂飞魄散，没有谁有资格将她投入万劫不复之地！"孙悟空的咆哮从阴森的地府直传入九霄云外的天庭，从暗黑的地狱散播到祥云环绕的西天。

"只有她有资格审判你们，现在就是她的审判！"

十殿阎罗早就不知躲到哪儿去了，也许在孙悟空开始疯狂的攻击之前就已不知所踪。

孙悟空环视周围，他觉得还不解恨——那种让他从死亡中又挣扎着复活的恨。

于是，他看见判官奇迹般在他面前，还活着。

"天命……自由如你，也只是在天命中挣扎。"判官无畏地望着悟空，他明白了。

"这一切都不过是天命罢了，神仙佛祖，妖魔鬼怪，天与地间的一切，都不过是在天命注定的轨迹中运行罢了！"判官对着悟空怒吼。

"现在天命要我们完蛋，但你也不可能摆脱天命，你所做的一切，也不过是在行使着天命，你自己，也就是天命！"

"你太吵了。"悟空冰冷的目光盯着判官，金箍棒挥起。

判官虚弱地倒在血泊中，他第一次发现，鬼魂也会流血。

能思考者，皆会流血。

然后他听到孙悟空平静的呼吸声。

牛头马面仿佛痴呆地看着这一切，既不敢阻拦孙悟空，也不敢逃走。

他们看着孙悟空来到自己面前，将金箍棒变成一根针，放回了耳中，他们出了口长气。

"打了这么久，我累了。"孙悟空面带微笑向他们走来，"不过，反正已经同那么多人打过了，也不在乎多两个人。"

牛头马面经历了由充满希望到瞬间绝望的过程。

孙悟空挥了挥手，然后他们就被重重摔了出去。

"再见。"孙悟空向他们招手，接着便消失了。

牛头马面忍不住相拥哭了起来。即使是在天命之中，能够活着，真好。

- 拾伍 -

迷 惑

不要以为自己看透了一切，将你的眼光投向更广阔的地方，你会发现，原来自己所坚持所困惑的，不过是那么一点点而已。

——《悟能日记》

潮汐没有问孙悟空去做了什么。

自由的本质是一种尊重，即使是为了爱，也不能剥夺他的自由。爱他，尊重他，即使明知他在欺骗，也要毫不迟疑地信任他。

有的人为了爱可以抛弃一切，甚至包括自由与尊严，但潮汐知道，孙悟空绝不是这样的人。

她自己也绝不是这样的人。

孙悟空面色平静，失去了的，无论如何哀悼与嗟叹，也不可能挽回一点点。盲女的遭遇，事实上他早就能够想到，但他仍去了地府，这不过是为了那暗夜中阳光般的最后一线希望。

有自由，才会有希望。

有了自由，最后的希望消逝了，还会有新的希望诞生，就像海的那一端扶摇而起的太阳。

"下面该做什么？"潮汐打破了平静。挣脱了心灵枷锁的人，总是最活跃的。

将判官最后的呐喊与盲女一起封入记忆深处，悟空将眼光投向沙僧。

"要么去看看玉帝的胡子是不是全掉光了，要么去看看如来的头上是不是多了几个包。"沙僧昂然地说。

现在是该清算的时候了，他们已经有足够的力量为自己打破天命。

"不。"

当三人的眼光转向八戒时，八戒轻轻地说了声。

"现在还不是时候。也许我们可以挣脱天命，为自己寻求到自由，但最后会怎么样？又一次招安？又一次封圣？还是又一次……轮回？"细细思索着，八戒斟酌了一下字句。

悟空不由得再次打量这个长着猪头的师弟，他那颗硕大的头颅在封闭多年的思考里，到底想到了些什么？

八戒没有回答自己的问题，又开始看着一个苹果，目光逐渐恍惚："潮汐第一次遇见我们时，为什么要阻止我们去？"

"你以为，一个人的力量可以击破天命吗？"潮汐缓缓重复着那天的话，"悟空，你曾经试过的。"

悟空眼前一阵迷离，六百年前大闹天宫仿佛发生在昨日。

〰〰

青云洞中，大大小小的妖怪们来来往往，似乎与齐天大圣、斗战胜佛孙悟空单挑对决的盛会还在召开。

事实上也相差无几，东胜神洲、西牛贺洲、北俱芦洲、南赡

部洲 [16] 四大部洲有点能耐的妖魔几乎都聚于此。各种各样的身形，各种各样的声音，各种各样的能力在一起，以至于黄云一连晕倒三次才为这次大会取了个"四洲异仙群英会"的名字。

再动听的名字都掩饰不住一个事实：群魔乱舞。

自从最大限度利用孙悟空为他们换取无数法宝奇术后，青云与黄云的自信已经超过了大闹天宫时的孙悟空。

伴随着力量的，便是野心。人是这样，妖魔也是这样，于是他们召开了这次大会。

当青云从参加大会的妖魔口中得知，孙悟空不但复活，而且恢复了力量时，他匆匆来找黄云商议。

"二弟，那个猴子又恢复了。"

说了这一句，青云就习惯性地将自己的肩膀移过去给黄云靠，

---

[16]　东胜神洲、西牛贺洲、北俱芦洲、南赡部洲：统称为"四大部洲"，是中国佛教中认为的在须弥山周围咸海中的四大洲。在《西游记》中，唐僧即是向西牛贺洲的天竺求取经书。

正好在黄云晕倒之时接住了他的头。

片刻之后黄云又抬起了头，他的眼睛中发出诡异的光芒，每当看到这种诡异的光芒时，即使是青云，心中也不由得打战。

但他不得不问清楚："二弟，你说那个猴子会不会来找我们麻烦？"

诡异的光芒变成了冷冷的笑意："会，当然会，但是，那将是很久以后的事了。"

黄云将略有嘲意的眼光投向了青云，"这是我们的机会，我们要好好利用。"

青云脸上露出不解："虽然我们不怕他，但他来找麻烦为什么还是个机会？"

黄云移开了目光："他如果急于找我们的麻烦，那他早就来了，那个猴子的性格我们还不清楚吗？他不来，是因为他有更重要的事情要做。"

青云深思着说:"那么……机会从何说起?"

黄云不耐烦地摇头:"大哥你记住,这个世界上,有人适合用手,有人适合用脑,用手的人不要勉强去用脑,思考对于他们来说太累。"

青云站在群妖之中,环视着向他欢呼的妖魔们,这一瞬间,他心中充满了统战群英的自豪感。

他刚刚将黄云拟好的讲稿背了一遍,他并不很明白那华丽辞藻说的是什么,当年在妖精学校里他学得很努力,但总是学不好,而黄云则稍加努力,总能学得好。

他明白的是,他慷慨激昂的背诵让这些妖魔们欢呼雀跃,虽然这些妖魔中绝大多数也肯定同他一样听不懂,但只要看到他背诵之前展现出的力量,这些妖魔就该知道怎么做。

强者为王。

"既然我们比愚顽的人要强,那么我们就应该统治他们而不是躲藏到偏僻的山野；既然我们不比天上的仙佛弱，那么我们就应该同他们一样居住在云间而不是龟缩于山洞。我们要求平等，我们要用自己的力量去争取平等！"

我们向别人要求平等的时候，是不是也应该给别人平等？

这样的想法，当然不会在青云简单的头脑中闪出。

平等、神圣的背后，是不是也藏污纳垢？

大会因为一个特殊人物的到来而进入高潮。

"请为我通报你们大王。"太白金星端正着脸对守着洞口却心不在焉的小妖说。他刚整了整自己的衣冠，又理了理自己的长须，仙风道骨在这猥琐的小妖面前，显得神圣不可侵犯。

他在言辞上极为有礼，语气也非常谦和，他深信小妖一定会大为感动，并且立刻把他的意思带给洞里的"大王"。

"大王，"他心中冷冷笑着，"再伟大的大王，也不过是一个妖怪罢了。"

　　守门的小妖心情不好,他太想留在会场中而不是在门口。

　　当然,他想的是会场供任意大吃大嚼的食物,而非华丽无比的演说,没有什么比肚子问题更为重要。

　　心情不好时,无论言辞是多么有礼,也不管你的语气是多么谦和,小妖都决定要刁难一下——就像许多站在与他类似位置上的人类一样。

　　"你是谁?有什么事?没看我正在忙着吗?"小妖用了一种仿佛根本没认出太白金星的眼光打量了半晌后,不耐烦地抛出一连串问题,他不过在忙着嗅从洞中飘出来的酒肉香气而已。

　　太白金星非常熟悉这种眼神,当年他的道行还没有这么高深时,他也常用这种眼神、这种口气对待人,但自从他成为太白金星后,他就自然而然会把这一切隐藏起来,因为,他掌握了更有效的方法。

就连大闹天宫时孙悟空也有一段时间被他温和慈祥的笑意所迷惑。

于是，小妖心中的不快在很短的时间里消散了。

"报——大王，"小妖上气不接下气地跑进了洞中，跪倒在青云、黄云面前，"太白金星来了。"

不知所措的青云向身旁的兄弟看了一眼，刚好看到为这个消息而晕倒的黄云眼中又闪现出诡异的光芒。

"那个女子如同猴子一样，诞生于海边巨石中。"

三炷香的祝词之后，观音心中暗暗算着自己这一趟增加了多少功德，同时将潮汐的来历向如来禀报。

"观音尊者辛苦了。"如来声音依旧，心中却失去了往时的宁静。

　　他垂眉看了看自己的手掌。那个女子用一种他所不熟悉的力量击破了他布下的结界，将孙悟空从他五指化成的山脉下救走，这个女子以及她的能力，他都不担心。

　　他担心的是，这个女子的力量为何如此奇异。既像是悟空那种自由自在、无拘无束的力量，又有着些许不同。

　　这令他困惑。

　　"遍识周天之物如我者，也不熟悉这种力量。"如来掌作无畏印，四周的梵唱让他的心又恢复宁静。究竟是这些仙佛们信仰他，还是他依赖于这些仙佛？

　　他缓缓闭上眼，进入阿黎耶识[17]。

　　"此有故彼有，此生故彼生……"[18]

---

[17]　阿黎耶识：又作阿赖耶识，是一种本性与妄心的和合体，一切善恶种子寄托的所在。佛教认为这是世界和众生"自我"的本原，它含藏着一切事物的种子，也是轮回的主体和解脱的依据。

[18]　此有故彼有，此生故彼生：出自《杂阿含经》，意为一切事物的出现都必须因缘俱备。有因有缘，事物出现；缺少因缘，则事物难以产生和难以存在。

　　旃檀功德佛在入定中，思维之波却回到了一百年前去往西天的路上。

　　那时，他还是唐僧。

　　虽然他的心早已古井无波，但当年女儿国国主那殷切的目光却如明月印在古井之中，只要这井存在一日，明月便不会消逝。

　　他将叹息自齿隙轻轻呼出，千辛万苦历经磨难取回了真经，那些为了真经而放弃的东西，却为何比这真经记得更清晰，难道我们真的只会怀念失去的东西？

　　他收住了心神，他比如来更清楚潮汐的力量。

　　没有爱过，怎能熟悉爱的力量？

❦

"如果，我们以为凭借力量就可以打败天命，那么，失败的一定是我们。"

潮汐全然不知观音的调查，她平静地说出自己的看法。

"即使我们去将玉帝与如来全部打倒，那又能改变什么？天命依旧存在，我们也不过是在天命中挣扎。"

一时间，潮汐的话语又将判官的呐喊从悟空记忆中唤醒。

"现在天命要我们完蛋，但你也不可能摆脱天命，你所做的一切，也不过是在行使着天命，你自己也是天命！"

悟空努力摇了摇头，将这令他不安的话语甩开，眼睛又回到海面上，那里，几只海鸥在波涛中寻觅着食物。

"我们该怎么做？"四人都默默无语。

孙悟空的目光追逐着海鸥轻快掠过浪尖的轨迹，像海鸥般的生命，自在地生活在这天地之中，但为什么还有这不可知的天命在冥冥中控制一切？

"我们是不是太在意天命？是不是还有比天命更值得我们关注的东西？"

悟空在内心深处问着大海。

大海的波涛仍如以往，自由奔放，汹涌不止。

八戒痴痴盯着苹果。

"看来思考得太多，对于我来说确实很累。"他想，"嫦娥，你能不能告诉我，天命……我真的看透了天命吗？"

月宫中的嫦娥，斜倚在小窗前，被玉帝扯下的窗帘已经重新装好，她伸出手掀起一角，向那个角落里偷偷瞄了一眼。

- 拾陆 -

野心

火焰中最强的恐怕是两种了：一种是嫉妒之火，它能让人自身被燃成灰烬；一种是野心之火，它不但燃烧自己，还会点燃周围的一切。如果不能控制住这两种火，那还不如安于现状做一个平常的人。

——《悟能日记》

✦

　　青云与黄云倨傲地坐在高处，两侧是发出各式各样奇怪吼声
的妖精们。

　　太白金星目不斜视，缓步从妖精中走过，他将心中的嘲意用
平静的笑容深深掩盖，虽然眼前的景象对他来说，并不是第一次
看见。

　　当年他去花果山招安孙悟空时，也是一大群没有教养的妖精
们在旁边雀跃，就像一群在粪坑里蠕动的蛆虫。

　　天地间万事万物一经产生便会有自己的位子，蛆虫自然也有
蛆虫的去处，即使长出了一双翅膀也不过是苍蝇罢了，秋天到了
还不都是销声匿迹。

　　太白金星用一种异乎寻常的态度将自己的真实想法深深掩藏，
他表面上是谦和有礼，骨子里是轻蔑与嘲弄。

正是因为有这种特长，所以每次这类工作都由太白金星来执行。

太白金星恭敬地对青云、黄云施了个标准的同级神仙相遇时的礼——虽然在心中并不以为这样卑贱出身的小妖精会明白这礼仪的含义，他用平稳而略带欢喜的声音说："奉玉皇大帝陛下之命，特来传圣旨，青云洞青云大王、黄云大王接旨。"

如他所料，哄笑声将整个大洞都要掀起，但太白金星面不改色，仿佛眼前的青云、黄云已经跪在地上焚香叩首。

"宣青云洞青云、黄云两位上天听封，钦此。"

沉默，接着又是一阵哄笑。

"妖精中出了个孙悟空大笨蛋还不够？"黄云笑得最响亮，"小妖精永远是小妖精，想要成为大王都只有靠自己努力，你以为这类招安再出卖的把戏我们还没有看够？"

太白金星不动声色卷起了圣旨："二位考虑一下，玉帝打算封二位为齐天大圣。"

"齐天大圣！"

群妖之中涌动起不安的躁动，齐天大圣，确实是一个妖精的最高追求，也是无上的荣誉。

一切荣誉，只有享有者能安心接受，对他们才有意义，对于一个已经死去或即将死去的人来说，却没有任何好处，与其如此，不如在生者还生、死者未死之时，让他们真正体会到尊重与平等。

对于注定要死的人来说，给一个齐天大圣的名头又有何妨？

太白金星心中浮起一层冷笑的涟漪，眼前的躁动正是他所想见的。

人为财死，但这浮名虚誉是不是也是一种致命毒药？

虽然明知是毒药，青云仍无法拒绝。

"齐天大圣，我是齐天大圣！"

即使身旁黄云针一般的目光也无法将青云从迷幻中刺醒。

群妖中已经响起了万岁的欢呼。

人与妖，在盲目崇拜强者这件事上，到底哪一方更为强烈？当愚蠢与盲目的烈火被强者身上的光环点燃，激动的人群发出喧哗，他们全然不知这火焰很快便会吞噬自己。

黄云用一种悲哀多于嘲讽的眼光环视着逐渐疯狂的群妖。

六百年前，当孙悟空得到齐天大圣的称号时，是不是也有大群的妖怪为英雄的出现而欢呼，即使这个英雄最终要将天雷之火引向他们头上，他们也茫然不觉？

黄云阴寒如冰的声音响彻了洞内："我们为什么要受玉帝的封？为什么不让玉帝来青云洞接受我们的封赏？六百年前玉帝封的孙悟空呢？六百年后玉帝又准备封谁？"

群妖欢腾的热力被这胜过地狱玄冰的问语熄灭。

太白金星第一次认真地看着黄云。

一个奇丑无比、肮脏不堪、没有礼数、不知羞耻、缺乏教养、阴沉卑劣、疯狂放肆、恣意妄为、狗胆包天、不知自量的妖精。

太白金星一瞬间在头脑中找到无数个辱骂这个妖精的词语。

当贪嘴的狗被人识破用心而被踩了尾巴一脚时，便会如此。有所不同的是，狗会拼尽全力用狂吠来发泄自己的哀怨之气，而有些人则会将所有的想法埋在心底，甚至，在心底深处的辱骂词句中，还不会带一个脏字。

太白金星脸上温和的笑意更浓："玉皇大帝陛下上承天命，下应众生，为众神群仙之主，得到玉帝陛下赏识，二位大圣未来不可限量。那泼猴孙悟空顽劣不堪，怎能同二位大圣天纵之才相提并论？玉帝求贤若渴，为示诚意，特令小仙将大圣名号一并带来。"

金丝玉线织成锦缎，镶在上面的明珠与宝石在阴沉的洞中亮得耀眼，太白金星将旗帜抖开，"齐天大圣"四个字在群妖面前闪闪发光。

无法抗拒的诱惑吸引住了群妖的目光。

只有黄云的声音依旧尖锐刺耳："又是一个没有实际意义的虚名吗？"

太白金星立刻明白了黄云的心意。这是一个有野心的妖精，他的野心，在以前，没有一个妖精能想到。

轻蔑的笑意同时也在太白金星心中浮现。野心能让一个人上进，能让一个人学会动脑，也能让一个人烟消云散。强烈的野心可以在最短时间内给人带来无可比拟的权力，也会让人在最短时间内燃尽自己的生命之火。

短暂的迷惑像狂暴的大海，横扫了悟空他们几个人的心。

一直以为打倒天命便是自己的目标，一直在天命中缠绕不清，自己在敌视天命之时，实际上却无法摆脱天命造成的困惑。

沙僧略略有些迟疑，但仍然说出了自己的想法：

"我们为什么不可以利用天命？"

众人的眼光一齐盯住了他，三双异光直闪的眸子让他有些心神不安："我是说，我们也可以以天命之名行事，我们打败天庭后大师兄可以名正言顺地坐上玉帝的宝座，天地间所有的一切都可以由我们来决定，我们不但可以让自己取得自由，也可以给别人自由。"

更深的思考在众人间开始。

"坐上玉帝的宝座，从此执掌天命吗？"跟困惑相比，更强烈的狂焰点燃了野心之火——权力，至高无上的权力！

潮汐发出轻轻的长嚯，双眸盯住了悟空，她可以看出悟空的内心在野心之火中煎熬，凭借两颗相同频率跳动的心，她甚至能感觉到一个甜美的声音在诱惑着悟空。

权力，至高无上的权力。

如果，悟空你还不能看透权力的背后是什么，你还值得我永远远地追随吗？

八戒则依旧盯着他的苹果。

他的脸上浮现出再明显不过的冷笑。

长期禁锢后的大脑，要想真正学会思考确实不是件容易的事情，沙僧与悟空，你们能理解这一点吗？

如果不是月宫中的人、月宫中的事，我又能明白这一点吗？

沙僧的神采开始飞扬起来，他逐渐提高的声音更清晰地传入八戒耳中："权力是一柄双刃之剑，可以为玉帝所用，以天命之名主宰一切，也可以为我们所用，给一切以自由。"

孙悟空几乎是从牙齿间挤出的话语："我们再多想一下……"

"在思考出结果之前，我无论如何也不能等了，现在我就要去打碎玉皇大帝和他的天命！"

送走太白金星，在群妖们热烈无比的欢呼声中，青云、黄云举行了隆重的升旗仪式，黄云在整个仪式中难得地没有晕倒。

"齐天大圣，我们是齐天大圣了！"咧嘴狂笑的青云用自己的每一个动作、每一个声音，甚至每一个细胞向周围传递他的喜悦。当年小妖精老师在他心中播下的种子，现在已经长成了。

黄云平静地看着这面高高飘动的旗帜。

天庭允许他们开设齐天大圣府，允许他们将各路妖精编为"天兵天将"，允许他们对武器、法宝的要求，这一切答应得太容易了。

天庭的目标只有一个，就是让他们去消灭孙悟空。

"泼猴一日在世，你们这齐天大圣之位坐得便不牢靠，为二位大圣计，消灭泼猴实在是第一等的要事。"太白金星在答应他们的一切要求后，轻轻地说道。

"我一直是为了你在考虑，我一直是为了你好，因此，我怕你钱多得用不完所以才会帮你用；我怕你朋友多得难以分清谁是好谁是歹，所以才帮你调查一下；我怕你受别人的威胁，所以才住到你家来保护你；我怕你一不小心做出威胁别人的事，所以我才用兵器指着你的喉咙……"

黄云心中冷笑。

群妖不仅是为新产生的两位齐天大圣欢呼，也是为自己欢呼。

不再是妖了，我们现在是神仙了，我们也一样有身份、有地位了，我们不再是人憎鬼厌的妖了，我们是受人景仰的神仙了……

他们的笑脸与青云的笑脸相映生辉。青云在开始的讲话中说要为群妖争取到和神仙一样的平等，片刻之后竟然就成了现实。

这样的"平等"，真是平等吗？

黄云心中忽然有了一种悲哀。只不过换了个名字，这些妖精便如此兴奋，他们难道对自己是妖精就如此痛恨？神与妖的不平等，究竟是存在于事实之中，还是存在于妖精自己的心中？

无论如何，这些妖精现在会拼死感激为他们争得平等的自己。无论如何，区区齐天大圣的位置自己还不放在眼里。

看着笑得如此灿烂的青云，黄云终于决定晕倒一下。

"大哥，齐天大圣就由你来当吧，而我要当的，是玉皇大帝！"

南天门几乎放弃了任何抵抗。

没有谁会认为自己有能力阻挡得住孙悟空，这几天孙悟空已经将天宫的征剿部队一一击溃，四个人足以让阻挡他们的一切神灵粉身碎骨、魂飞魄散。

天宫也没有什么守卫的必要了，得知孙悟空已经打了上来，玉帝在外甥二郎神的保护下已经"安全转移"到月宫去了。

大人物们历来如此，他们千金之躯坐不垂堂，他们为了保留机会与希望，就必须保全自己。

令太白金星惊诧的是，青云洞里的新神仙们并未出现在这里，原本他们答应前来护驾的。

西天的佛祖为什么还没有来？

孙悟空小心地踏上了大殿，同上次大闹天宫时不同，他尽量没有破坏天宫的建筑，相反还采取了一些保护，否则事情结束后要修理，会是很困难的。

八戒与潮汐站在大殿门口，目送悟空与沙僧缓缓走进大殿，两旁是面无人色的群仙。

太白金星依旧镇定，他对自己很有信心。

一步，两步，三步……

除了神仙们粗重的呼吸，大殿中回响的就是悟空的脚步声，沙僧已经停了下来，有些不知所措。

四步，五步，六步……

离玉皇大帝的宝座越来越近了，玉帝，就是坐在这个位置上执掌天命，对这世间的一切生杀予夺的。

七步，八步，九步……

玉帝的宝座就在面前，只要一转身就可以牢牢地舒服地坐在上面。

"玉皇大帝孙悟空万岁！"

太白金星不失时机地发出欢呼，群仙先是一愣，但紧跟着都发出了欢呼，他们似乎忘记了自己刚刚才被孙悟空击败，反而像是追随孙悟空来此的胜利者。

潮汐的心又开始"怦怦"地沉重地跳动。

猪八戒的脸上嘲弄之意更浓。

沙僧依旧在原地不知所措。

太白金星带头跪下，深深伏在地上，虔诚而恭敬。

孙悟空转过身来，缓缓坐下。

一瞬间，八戒很难分辨在那里坐下的是孙悟空还是玉皇大帝。

这，就是结局？！

- 拾柒 -

桂花树的倒下

天命究竟是什么？我一直在思考这个问题，即使是执天命者也无法回答这个问题。

天命，其实就在我们心中，就是我们自己，如果能挣脱心的束缚，战胜我们自己，

天命存在与否对于我们都没有任何意义了。

——《悟能日记》

当风将残云送向远方时，自由的海鸥在浪尖轻轻掠起。

观音呼吸着南海海风带来的气息，她的心情却远没有海风那么轻松。

即使是十八罗汉、四大天王，再加上天宫的一大群神仙兵将，也都像云一样被化身为风的孙悟空等四人追赶。即便是她，也不得不在潮汐蓝天般的带子间败逃。所谓强者，在更强者面前，也不过是一群可怜虫。

从来没有这么狼狈过的观音几乎忘记了自己长达三炷香的祝词，取而代之的是恐惧。

"天命……天命的力量究竟在哪里，或者说，天命像懂得选择栖居处所的小鸟，抛开了自己这棵摇摇欲坠的老树而转到了孙悟空那个泼猴身上？"

　　观音轻轻一叹，"末路穷途"四个字忽然出现在她心中，她努力地将阴霾驱散，将目光投向天的一角。还没有绝望，在月宫中集结的神仙佛祖们还足以让整个天地粉碎，更何况这一次如来佛祖亲自在月宫中等待孙悟空的到来。

　　再厉害的妖魔也不可能从佛祖的手心中逃走。这种想法一瞬间又将观音心中的希望点燃，在这个时刻里她怎能不在场？

　　如果这个时候她能够出上力的话，那她又可以积上无量功德，可以向佛更靠近一步了。

　　即使在事实面前，为什么我们都宁愿欺骗自己也不肯相信真理？

　　观音驾起了云飞向月宫。与此同时，青云与黄云集结了他们的队伍，赶往天宫。

　　黄云几乎是半倚着青云在空中飞行的，野心在伸手可及之处结出了甜美之果，这又令他激动得多次晕了过去。

"这个世界上是不是晕了的人更为清醒，而自以为清醒的人却在梦魇中挣扎与彷徨？"

黄云冷笑着问自己。即使天庭玉帝没有来招安册封，他也准备去挑战恢复了力量的孙悟空。他要在全天下妖精面前证明，只有他才能真正打败孙悟空，

只有他才能成为妖精的英雄,也只有他才能代表妖精去夺取天命!

天庭发现了他的真实力量，这证明天庭还是有眼光的，天庭作一厢情愿的打算，这证明天庭的眼光也就仅此而已。既然如此，就让天庭先品尝孙悟空攻击的恶果，而自己就来收渔翁之利。

利用别人的人，其实本身一直在为别人所利用，这便是人世间亘古不变的真理。

玉帝依旧高坐于上。月宫虽然不如灵霄宝殿雄奇壮美，但依旧有一个高高在上的位子等着他来坐。

他轻轻抚摸着白玉宝座，温润的感觉让他紧悬着的心略略有些放松，他正视着坐在一侧的如来，那脸上依旧庄重且轻松的笑意也令他稍微心安一些。

"天命还在我手中，这一次不过是我们的一次劫难，只要度过这一次劫难，我的力量与权力一定会更强大。"玉帝与如来同时如是想。无论是东方还是西方，无论是天上还是人间，高居于上者的想法总是惊人的一致。

"只等各处天兵天将聚齐，便可以一举斩杀妖猴，夺回灵霄宝殿。"李靖大声说着没有任何意义的大话，伸手去抚摸自己长长的美髯。

当他的手指触到胡须时才记起，昨天在同孙悟空的一战中，胡子已经被猪八戒用三昧真火烧去了大半，只剩下几根焦黄如驴尾的还可怜兮兮地垂在那儿，这令他无比心痛，抚摸也变成了用力的扯动。

"如果不是各处天神纷纷下界，这一次也不会几近狼狈。"玉帝点了点头，他并没有想到"几近狼狈"与"非常狼狈"的区别，正如大人物们深沉的目光往往忽视"基本完成"实际上就是"没有完成"。

他只想到，如果不是有大量的神仙下界，他就不会被孙悟空从灵霄宝殿赶到这儿，他就不会被迫去招安那些肮脏低劣的妖精，他也就不会反而被妖精们愚弄一回——出这个主意的人罪该万死，他恨恨地想，在周围的人群中却没有找到出主意的太白金星。

片刻间他又想起，当初出主意招安孙悟空者，也是这个太白金星。

于是，在太白金星回复说成功招安青云、黄云并使之答应去扫灭孙悟空时，对太白金星的夸奖立即变成了蔑视与憎恶。凭借自己的好恶而不是凭借事情本身去做判断，即使天命在手又能怎么样？

孙悟空转身坐了下去。

　　只要坐上了玉帝的宝座，他就接过了玉帝手中的天命。他就可以执掌世间一切的命运，让世上追求真爱的人得到真爱，让世上追求幸福的人得到幸福，让世上追求自由的人得到自由。

　　只是，别人赐给的爱、幸福与自由，是我们所追求的爱、幸福与自由吗？

　　孙悟空坐了下去，跪在大殿地上的残余神仙们长长出了口气。

　　沙僧在跪了一地的神仙中茫然失措地站着，他不知自己该如何是好。他只知道，尝到了直着站的滋味的膝盖，是无论如何也不会再跪下的。八戒目光炯炯，似乎准备向前，他脸上那浓浓的嘲意说明了他想做什么。

　　潮汐扯住了他的衣袍，她的心"怦怦"跳得很急，跳得很响，甚至八戒都可以听到她的心跳声，但潮汐仍然制止住了他。

　　"有些东西是需要他自己去面对，如果由别人来提醒，那么他永远也不可能真正摆脱天命。"

"而我，相信他。"

从潮汐无声的目光中，八戒读出了她的心事。

孙悟空坐了下去 —— 非常舒适，也非常自然。

但在这同时，他身下的宝座碎成了无数块。孙悟空脸上露出淡淡的笑意："我太重，这个座位不适合我。"众神仙的神经随着他站起重新绷成了弓弦。

太白金星张嘴还想说什么，却被孙悟空脸上淡淡的笑容全部堵住："自由的重量太大了，没有任何座位能容得下自由，我现在明白了。"

"现在我要去告诉玉帝这一点，我想八戒你也想去告诉嫦娥这一点。"

太白金星与众神仙望着已经破碎的宝座面面相觑。

孙悟空坐碎的不仅仅是玉皇大帝的宝座，也坐碎了他们的神

仙身份，他们不敢想象玉帝如果回来会对他们做什么。以前他们
在披香殿看到低级神仙犯事受罚，都很兴奋，现在轮到他们，他
们无论如何都兴奋不起来。

别人的痛苦有时会成为自己欢乐的源泉，但轮到自己面对痛
苦时，心情就会完全改变。

绝望中的人总会有办法找到最后一根稻草的，现在，这些走
投无路的神仙们的稻草来了：青云与黄云，顺利地接管了灵霄宝殿。

❧

没有理会眼前发生的战事，吴刚的心仍全在桂花树上，他
的耳中听不到呐喊与哭号，听到的只有"突突"的伐木声。他伐
了千万年，也许还要伐千万年。

如来第一次汗流浃背。无畏印、大日掌、无边的佛法，都无
法在一个无拘无束、自由自在的孙悟空面前施展，在孙悟空面前，
所有的力量仿佛都不存在，各种各样的密宗禁咒也如石沉大海。

"孙悟空也跳不出如来佛的手掌心",如果成了"如来佛也跳不出孙悟空的手掌心",那又会怎样?金箍棒在如来弥漫于整个月宫的法力中穿行,不轻不重地敲了一下如来的头。

这奇异的景象令所有的神仙佛祖们都忘了厮杀,他们惊愕地看着这一切。通过万世修行、执守了无数清规戒律的佛祖,在孙悟空随意自由的金箍棒下,头被敲了一下?

清规戒律,不如随意自由?

几乎所有仙佛心中,都涌起难以言喻的狂潮,原本信奉的一切,随着孙悟空的棒子,一下两下,化成粉末。

只有如来产生了不久前孙悟空曾有过的想法:"这个世界,疯了。"

玉帝瑟缩在月宫的一角,出乎他意料的,他要面对的不是孙悟空,而是猪八戒的钉耙。他的随身侍卫们早在猪八戒与沙僧的联合进攻下逃得比玉兔还快。

他倚仗的二郎神,已经被一根蓝色的带子从头缠到了脚,同他那只爱从后面咬人脚脖子的哮天犬捆在一起。他强迫自己正视着八戒的眼神，身为天命执行者，他不能在这个怪物面前露出怯意，尽管他缩在宽大的龙袍里的身躯在发抖。

他没有注意，他们来到了当年八戒在痴痴等待的角落。

他也没有注意，八戒的眼神根本没有注意他，只是急切渴望又有几分迟疑不安地望向小楼。小楼窗帘的一角，被缓缓掀起，接着整个窗帘被扯了下来。

再也没有什么东西能隔在八戒与嫦娥之间了。

八戒无法抑制住拥抱嫦娥的冲动，他丢下了钉耙，来不及从楼梯上去，直接将自己庞大的身躯掷上了小楼，张开双手，让流着泪的嫦娥好好地在他宽大的怀里痛哭。

能在心爱的人怀里痛哭——即使所爱者外表是一只猪，那也是幸福的。

不再面对八戒的玉帝双膝再也无法支撑住，全身虚脱，软软地缩在墙角，忽然像个孩子似的哭了起来。

"突突……"一切都静了下来，只剩下吴刚越来越急的伐木声。沙僧看着吴刚的动作越来越快，桂花树被砍开的缺口越来越大，在此之前，每一斧头下去，桂花树的缺口很快就会弥合，而现在已经不会了。

"倒了倒了……"潮汐像个小女孩儿般轻轻笑着，看着桂花树缓缓倾向一侧，最终轰然倒在地上。

这才是结局。

—— 完

由捧读文化发起
鼓励原创小说创作

捧读文化
触及身心的阅读

全国总经销

出 品 人　张进步　程　碧

特约编辑　林香云

封面设计　MM天天美书
　　　　　QQ:3218619296

插图创作　陈婷婷

法律顾问　天津益清（北京）律师事务所　王彦玲

怪谈文学奖
微信公众号

关注我们
免费阅读小说，了解大奖征文详情

出版投稿、合作交流，请发邮件至：innearth@foxmail.com
了解新书，图书邮购、团购、采购等，请联系发行电话：010-85805570